鶴見俊輔座談

昭和を語る

晶文社

装丁・レイアウト　矢萩多聞
編集協力　中川六平

昭和を語る　鶴見俊輔座談

目次

I 憲法

II 戦争

III 敗戦

I

憲法

ルーズヴェルトのことば

都留重人

官僚の温存

鶴見　戦争の終わりの年だったか、わたしがおたずねしたことがあると思うんですが、いまの中目黒ですね、あのあたりにおられたでしょ、六月でしたか……外務省の事務所に。

そのときに、戦後の見とおしを話していただきましたね。どうも日本の権力は温存される、敗戦では究極的には何も問題は解決しないんじゃないかというふうにうかがったのを覚えているんですが、当時の予測から現在を見て、どういうふうに違いますか。

都留　昭和二十年（一九四五）の六月にそういう話をしたことはいま覚えていませんけど、当時、わたしは外務省にいて、比較的、官僚機構の動きぐあいというのを見ていたんですね。それで、敗戦というのはたいへんなことだけれども、敗戦でもってどれくらい新しい力が古い力にとって替わるかということを、しじゅう考えていたんですよ。それは日本の過去、たとえば明治維新とか、あるいは諸外国の歴史とくらべてみて、古い力にとって替わる力というのがひじょうによわいんじゃないかという感じをもっていたんですね。

わたしなんか自分ではその一人になるつもりでいたんですが、とても微力だったし、そういうことはできそうもなかった。そういう際にどうしても必要なのは、新しい建設の過程で、行政的な手腕を発揮する人材じゃないかと思うんですがね。これはラスキが言ってますが、革命を担当する人と革命後の建設を担当する人とは、どうもいっしょでありにくいということを前から考えていました。例外もあるでしょうし、日本の場合はもちろん革命じゃないけれども、それにしても、明治の初めからすすんできた一つの国家的発展のモメンタム（推進力）に対して、根底からそれをゆるがすような転覆があったことは事実ですから、新しい力を期待するのがとうぜんだったと思います。

それに敗戦を予想しておった人も、たくさん日本にはいたんですね。ところがそういう人たちが結集して新しい日本の建設の仕事にあたるという動きが、どうもよわいという感じを敗戦をまぢかにひかえたあのころは考えていたんですね。それに対して、日本の官僚制度はひじょうに強靭《きょうじん》で、戦争責任ということに対して無感覚で、また一般国民の側からもそれを糾弾するだけの大衆的な力は起こっていない。そういう事実があった。

ところがいよいよ占領になりましてね、さらに考えてみると、やはり占領という事態は、旧支配体制の行政機構を利用するという態勢なんですね。したがって、そのあいだに逆に日本の官僚制度を強化したということですね。一つの転機は、昭和二十二年（一九四七）十月に法律がとおった新しい「国家公務員法」だと思うんです。

これにはいろんな経緯がありまして、占領軍からもちろんとおせと言われたんですが、当時はわたしは経済安定本部にいて、占領軍からもち込んできて、とても扱いにくくてやりきれないようなことは、全部、安定本部へもち込まれちゃうんですよ。たとえば大蔵省とかその他の官庁というのは、旧官僚体制で固めていますからね。ですから集中排除というのがあったでしょう、これも理屈をつけて安定本部の管轄にしちゃったんです。国家公務員法もそうです。
それでわたしらはなかにいて、まったくすじ違いじゃないかというので押し返すのにそうとう苦労した。結果的には扱いませんでしたが、そのかわりひじょうに粗略な扱われかたをして、議会ではほとんど審議らしい審議をせずにとおっちゃったんです。そのときに、中野重治氏が「わたしは反対意見を、苦痛と悲しみをもって訴える」という名演説をうったんですが、その国家公務員法というものの扱われかたを見てみまして、わたしはやはりもう日本の官僚機構というものを新しくする契機は失われたと感じたんです。
それからは、官僚機構はますます強化される一方で、現在にまでおよんでみるというと、まさに官僚の古手が内閣を押え、かつ国会においても官僚の古株が重要な地位を占めている。そして現在の行政機構にいる上級官僚というのは、天下りのところへいくか、あるいは自民党に属して立候補するか、という体制でね、日本の古くからの官僚機構につながる支配体制というのが、現在にかけてますます強化されているという感じですね。

鶴見　占領軍は、敗戦の前から日本の官僚機構をそっくりそのまま使っていこうという方針だったんですか。

都留　と思いますね。ただパージという手段は考えていたでしょうね、とくに軍と協力するような連中は適当に排除して。しかしながら、だいたいにおいて日本の官僚機構はこれを利用して占領行政をおこなうという基本方針だったと思いますよ。ちょうど天皇制を利用して無条件降伏をうまく勝ちとったのと同じように、占領行政をうまくやるためには、日本の官僚機構を使い、適当にそれを誘導しながらアメリカの考えている民主化政策なり、その他をやっていこうという考えだったと思うんですよ。

鶴見　占領の方針というのは、敗戦後の、わりあい早い時期に変わったようですが、変わる前も同じように官僚機構を温存してやっていくという考えだったんでしょうかね。

都留　まあわたしらの感じではそうですね。しかし部分的には、旧官僚に牛耳られないように、新しい人材を占領軍自身が見つけて、くさびのように打ち込もうとした例はあったと思いますね。そして、さっき言った国家公務員法というのが、昔のような任用制度じゃなくて、だれでもが試験を受けてとおれば上級官吏になれるという制度ですから、そういうかたちでもって新しい公務員体制をつくろうという意図は、昭和二十二年段階ではあった。ただ、その国家公務員法を日本政府はかなり骨抜きにしましたね。

転換は一九四七年

鶴見　それから、公務員のストライキ禁止の問題が出てきますが、これはマッカーサーから来たんですか。

都留　どうだったかな。

ただ、占領政策の転換というのをどう考えるかということですが、根本的なものというのはやはりわたしの見るところでは、二十二年の暮れですね。これは占領政策の転換というよりは、アメリカの極東政策の転換でしょうね。そのときには、中国大陸における蔣介石が落ちめなことがだんだんわかってきまして、中国共産党が大陸全体を押えるかもしれないという見とおしを立てるものも出てきたから、日本を防波堤にするという考えかたがつよまってきて、公式なかたちで出たのは二十四年の一月です。

鶴見　都留さんが経済科学局に入られたのは何年でしたか。

都留　あれは二十一年四月です。占領軍が来て、司令部のほうから、英語ができて、経済学のできる男をとりたいというので、当時の吉田茂外務大臣から白羽の矢を立てられて。そういうわけで入ったんです。

鶴見　そのときは、占領政策のいちばん初めの段階ですね。そのときの日本の官僚とアメリカの官僚とに接しておられたわけですが、両者を比較してどうですか。

都留　まあ、二十一年から二年へかけての段階では、もしひとくちに言うとすれば、占領行政にたずさわっていたアメリカ人にはしろうとが多くて、意図はきわめて善良で、日本の民主化と言われるようなことをどういうふうに実現するかという点についてはそうとうの熱意をもっていて、日本の官僚のほうは、なんとかサボタージュをしようというかたちで折衝がなされた時期ですね。

鶴見　アメリカのほうの局長、課長ぐらいは確かにしろうとが多かったですね。そして大きな方針を打ち出してきて、それを実現するための法律のことなど無視していましたね。

都留　しかし昭和二十二年の終わりごろには、アメリカの占領政策が根本的には変わってきましたからね。変わってきた段階では、どのようにかして日本の経済をもう一度盛り立てて、賠償計画はなるべく切りつめて、日本をむしろアメリカの子分として、アジアにおけるアメリカの役割の一端を担ってもらおうという方向にすすんだから、そのときには、日本の保守的な官僚陣とアメリカの政策とのあいだには根本的な一致が見られるようになったんじゃないですか。ですから、占領行政と日本官僚との接点という立場から見てみると、なおのこと二十二年暮れごろというのは転換点だという気がしますねえ。

二十三年一月以降の陸軍長官のロイヤル演説と極東委員長のマッコイ演説が転機ですが、あのころからはもうお互いの言うことがひじょうにわかりやすくなってきたんじゃないですか。たまたま日本側でも、片山（哲）内閣が倒れてね、芦田（均）内閣に移ったときですよね。

それで思い出したんですが、アメリカから帰ってくるときの船のなかで、野村（吉三郎）大使とじっくり話したことがあるんですよ。そのとき野村さんが、ルーズヴェルトに最後に会ったときこう言ったというんですが、それを不思議そうに言うんですよ。"In the first world war we fought side by side. In this war we are fighting against each other. But in ten years it is most likely that we shall be fighting again side by side"——第一次世界大戦ではわたしたちは肩を並べて戦った。こんどの戦争ではわたしたちはお互いに対して戦っている。しかしわたしたちは、肩を並べて戦うときが十年もたてばまた来そうだ。野村さんはね、これはいったいどういうことだろうというわけですね。

そのときぼくははっきり言わなかったんですが、アメリカとしてはやはり日米戦争が決まったときに、日本は負かしてやるんだ、そしてソ連を相手に戦わねばならぬときが来たら、日本はアメリカ側についてくれるという考えを根本的にもっていたのだと思います。

鶴見　そうでなければあんなゆるやかな占領というのは考えにくいでしょうね。日本が外地でやった占領にくらべて、実にゆるいですね。

都留　占領の初期にはかなりちぐはぐだったけれども、経済面ではかなりきびしかった。たとえば、最初の賠償視察に来たポーレーというのはひじょうにきびしい報告書を書いていました。じわりじわりと本来の彼らがもっておった基本線のほうへ行ったという感じだな。

鶴見　すると、日米戦争開戦のときの大きな布石をいま実現したということでしょうね、アメリカ側から言えば。

占領の意味

都留　日本側から言えば、最初言ったように、古い力をくつがえして新しい時代をつくりあげるだけの用意というのは、戦争に反対した人たちのなかにもじゅうぶんなかった。それはひどい迫害を受けた人や、牢屋のなかにいた人もたくさんいたわけで、なかなかできにくかったということもあるでしょうが、しかしね、片山内閣ができて、いろんな政策を発表したときの批判は、これは左翼のほうがひどかった。つまり、社会党内閣に、日本再建のための何か革新的なことをさせようという世論はなかった。だから少しでもそこにいいことがあれば、それを引っぱり出してきて激励するということもなかった。社会党のなかですでにそうだった。

鶴見　都留さんは和田博雄氏のときの経済安定本部の副長官ですね。

都留　正確には総合調整委員会副委員長です。総合調整委員会というのは、委員長が大臣でわたしは副委員長で次官待遇でした。片山内閣のときのね。

片山内閣がつぶれたのも、保守派がつぶしたんじゃないし、社会党のなかの左派がつぶしたんです。もちろん保守派も手伝いましたがね。官僚機構が手伝ったと言ったほうがいいかもしれん。そのときのことは一分きざみで知っているのですが、つぶれた理由は、公務員に対してボーナスというか、当時は生活補給金と言いましたが、それを出す約束をしたんですよ。それがまだ〇・八カ月分残っていたんだ。それを一月になってから出すとなって、司令部と交渉したら財源がなければ出せないと言いだしたんですよ。それで財源をどうひねり出すかということで、政府が二つに分かれたわけです。

そのときに、大蔵省が（亡くなった池田勇人さんが次官だったんですが）鉄道運賃のような公共料金を引き上げて財源をつくることを提案したんです。安定本部は、公共料金を引き上げればまたインフレの原因になるのだから、そんなことしなくても財源はある。どういうかたちであるかというと、インフレの過程ではおのずから税収が増える。予定しなかった収入があるのだから、それを予算の上に組みさえすればつじつまは合うではないか、ということで対抗したわけですよ。しかし司令部との交渉で大蔵省は勝ったんです。それが国会へ出たんだけど、そのときの国会の予算委員長が鈴木茂三郎さんで与党なんだけれども、このような予算を審議するわけにはいかないといって、予算委員長が審議することを拒否した。それで片山内閣はつぶれたんです。

そのときでも、社会党のなかの左派というのは、行政の具体的な問題を聞かないで、つまり、少しでも橋頭堡《きょうとうほ》を築いて、そこからこちらの考えかたを伸ばすとかいう態度はとらないで、頭から、問題をつねに体系的に論ずるわけで、根本的なところまでさかのぼって論ずるわけですから、部分的な改革ということに対しては、おそらく今日のことばで言えば修正主義的という刻印を押したんだろうな。

鶴見　日本の左翼政党が行政能力からひじょうに離れている、ということと関係があるでしょうね。行政問題をとらえる訓練というのがないんじゃないですか。

都留　そうねえ、それはしかしチャンスを与えられればできると思うんですよ。むしろ問題はオール・オア・ナッシング的な立場ね。根本的なところまでさかのぼって自分たちの意見が入れられなければ、部分的なことで譲歩はできないという考えかたね。

鶴見　占領時代というものを大きくひとつかみにして、それはどういうものを残したとお考えですか。

都留　形式的にはね、六三制だとかありますが、しかし、根の深いところで日本の進路を変えたかという問題ですね。これは、仮に占領軍が昭和二十年の九月に上陸して、日本人に対して、君たちは自ら統治する力をもっていると思う、だからこれとこれだけについては認めないけれども、たとえば軍備とかね、だけどあとは勝手にやれと言ったとすればどうなっていたかという、そういう可能性を実際の姿と比較すれば、おそらく占領が残したいちばん大きなものは日本の進路をほとんど変えないかのごとく思わせるほどに、旧体制の延長線上に日本の進路を決めたということになるんじゃないですかね。むしろ占領がもっと最小限であったならば、日本が自分の力であるていど違った進路を踏んだかもしれないという感じはするんですがね。

鶴見　天皇制の変質の問題と占領時代というのと、関係はないでしょうかね。占領時代が少なくとも天皇制を変質させてしまったとは言えないでしょうか。

都留　だからいまも言ったように、日本が自分の力で動いていたらという仮定の上に立てばね、その問題ももっと違っていたかもしれない……まあたとえばの話ですが、天皇制は残っても、皇居というのはちょうどイギリスのウィンザー城のようにどこかへ行ってですね、街のなかにはバッキンガム宮殿のようなものしか残らないようにされていたかもしれない。

　憲法というのも、これはわたしは占領の息のかかった一つの業績だと思いますね。日本の政府にもしまかせられていたならばどうなっていたか。現に日本政府は原案をつくったというんですから、そしてこんなものじゃだめだというのでマッカーサー原案というのが提示されたんですけど、日本案とマッカーサー原案とをくらべると、そしてマッカーサー原案を日本側で切り崩していった事態を見るとね。

　そのいちばん顕著なのが土地の問題ですよね。マッカーサー原案には、土地とその土地に付随した天然資源はこれは国民全体のものであるという条項が入っていた。もし現在この条項が入っていれば、日本の地価問題とか都市問題とかはもっとやりやすかったと思うね。日本側は三拝九拝してその条項を除いてもらったんですよ。土地の私有権をあくまではっきりさせるように努力したんです。

鶴見　少し話がずれますが、東京都というのはどうしてこういうふうになってしまったのでしょうね。日本国家全体のつくり直しという原案を、占領軍はひじょうな熱意をもってやったわけでしょう。ところが実際に司令部のある東京都について、東京都をつくるということをあんまりやらなかったような感じがしますね。戦争中の東京都の長官がそのまま居坐って、いろんな利権屋と結託して、ほとんど新しい青写真もなしで戦後の行政をやってしまいますね。どういうわけでしょうね。

都留　それは一つの盲点でしょうね。占領行政の……。

やはり地方公共団体の一つと考えていたでしょうし、地方公共団体というのは住民の自治でもって改革するという伝統をアメリカはもっているから、中央の政府を適宜統制しておけば、基本的な政策の上では思ってるようになるという考えでしょうね。だから占領軍としては、税制の面でシャウプ勧告などを手がかりに住民の自治がやりやすいようにするということで、それが条件を整えたと、こう思ってたんじゃないかな。

法令の肥大

鶴見　占領以後、もう二十二年たっているわけですが、戦後史全体を大きくとらえて、ターニング・ポイントと言いますか、ここで別の変革の可能性があったというようなことは、戦後二十二年のうちで、どういうところにあったと考えられますか。

都留　そうね、ぼくはほんとうにきわどいチャンスというのはなかったように思うんですがね。つまり、ほんのちょっとの差でもって一つの可能性のほうが勝っちゃうという事態はね。

あるていど積み重ねの必然性というものとか、いろんな諸条件の組み合わせの結果とかの線上を動いてきたような気がするのです。

鶴見　サンフランシスコの講和（一九五一年）はどうですか。

都留　それは片面講和か全面講和かという問題ですね。わたしらは全面講和をひっさげて、当時はそうとうの固い結束でいろんな立場の人がいっしょになってやりましたけどね。しかし、やはり結果的に見ると、あれだけアメリカ側が腹を決めてしまって、それといっしょになって行動することが積極的に正しいと考えておった政治勢力が選挙でも多数をとるような状態のもとではね、ほかの可能性の実現というのはむずかしかったんじゃないかと思うんだなあ。

鶴見　たとえば日ソ国交回復（一九五六年）というのは、鳩山の時代にしましたね。あれなんかは新聞で見てるとひじょうに偶然のファクターがあって、ふつうの公式ルートじゃない人物が登場したりしますね。あのときに、鳩山一郎氏がひじょうに熱意をもって動いたということがありましたが、もし偶然の同じような積み重ねというものがあったら、対中国の国交回復という可能性というのはなかったでしょうかね。

都留　朝鮮動乱（一九五〇年）が起こってしまったあとは、むずかしくなったでしょうね。もし起こっていなければ別の可能性があったかもしれない。ダレス自身が朝鮮動乱の少し前に書いた『戦争か平和か』という本のなかで、もしも中国共産党が中国大陸の大部分の地域においてその支配権を確立する時代になれば、中共政府を承認することは国際法上とうぜんである、とはっきり書いていますがね。動乱が起こってしまって、日本がアメリカとぐるになっている状態ではね、対中国問題はむずかしかったでしょうね。

鶴見　鳩山時代にやや偶然のチャンスが出たというのに似て、石橋内閣が登場しますね。あれは風邪をひいて肺炎になってつぶれてしまうんだけれども、風邪などという事故で終わらなければ、何かになったんじゃないかという気がするんですが、そういうことは……。

都留　石橋湛山《いしばしたんざん》さんて人は立派な人でしたね。しかも官僚的な政治家と違う人間味をもってるし、一つの見識をもっていましたね。そういうものを発揮できるように日本の政治体制が当時できていたかというと、その点では少し懐疑的なんですよ。確かにそれは一つの可能性でしょうがね。まあ、石橋さんがもう少し長期にわたって政権の地位についていたら、おそらくは日本の官僚制度が今日ほどには強化されてはいなかったかもしれませんね。

鶴見　まあ全体として、結局日本では官僚政治というものがひじょうに大きな意味で返ってきて、官僚がひじょうに評判を落として仕事がやりにくかった時期というのは敗戦後ほんの数年しかなかったような気がしますけど、いまの日本の官僚は、天皇制をバックにしたときよりも、アメリカをバックにしているほうがらくらくと能率的合理的に動けるという状況があるんでしょうか。

都留　その合理的に動けるということもあるし、やはり行政の専門家としての重心というのが昔以上につよくなっているのじゃないかしら。つまり、行政が専門化したという点では、現在の日本は戦前以上じゃないでしょうかね。

たとえば、戦前ならば六法全書一冊あれば、法律はそれだけだったですよね。現在なら、法律を全部一冊にまとめるなんてのはできっこない。たとえば都市計画に関係する法律および法令だけで、「都市計画法令集」という二千ページぐらいのものができちゃうわけですよ。

それぞれの専門の官僚というのは、みんなそんなものを頭のなかにたたみ込んでいますからね。しろうとが議論を吹っかけましてもね、いかにしてそれをうまく、のがれはずし反論しというすじみちをよく知っているわけです。われわれを迷路へ引きずり込みましてね、こちらがなんとも自信のある発言ができなくなるところまで追い込んじゃうんですよ。すると、こちらはなんとなく劣等感を感じますよね。「そういうことはわたしにはちょっとわからんものですから」と言うとね、「いやそこがわかってなきゃこの問題の答えは出ないんですよ」とくるわけです。だから現在の日本の行政の専門技術というのはたいへんなものですよ。これをなんとかしなきゃ、野党の人はたちうちできないと思うんですよ。

鶴見　戦前にくらべて、官僚がさらに肥大するというかたちになってきていますね。

都留　そう。われわれの庶民の生活にひじょうに関連の深い、日常的なことでなんとかならんかという問題についてたぐっていきますとね、十重二十重の官僚的立場からの防衛線ができるんですよ、ちゃんとね。それを突き破ってバサッといくような改革というようなことはひじょうにむずかしくなっていると、わたしは思うんだな。

そんなところにも、社会の進歩というものをどういうふうにもたらすかということについての、社会工学というものについての現段階的な哲学が欲しいような気がするんですよ。革命だと言っちゃえばそれは簡単ですよ。しかしそのためには機縁というものが必要でしょ。人によっては、国際関係における大きな転換を転機として国内の変革をやるのがいちばんやりいいと考えている人もいると思うんだな。わたしはその可能性をけっして否定しませんけどね。たとえ国際関係は所与のまま、与件であっても、なおかつ国内で日本の社会を変革しようと思ったら、どこに手がかりがあるかということをもう少し科学的に客観的に考える必要がある。それを現在の時代に即して分析することが、まさに革新系の理論家のすることだと思いますね。ちょうど『資本論』百年の年だけれども、マルクスが十九世紀なかごろにやったように、日本の革新陣営の人たちは、現在の時代を背景にして、科学的な社会科学のメスをふるうという役割を担っていると思うんです。それが過去二十二年間を見て、足りなかったと思うんですよ、解釈学はありましたけどね。

鶴見　このあいだ新聞に書いておられましたが、吉田茂氏についてはどう評価されますか。

都留　ひとくちで言えば、内政が外交だった時代に首相の地位にあったため、本人にも政治についての自信ができ、その自信で押しとおした幸運な人でした。官僚制を強化したのも彼だった。

鶴見　市の政治の面でだけはかなり行政的な手腕のある人が出ているし、京都とか東京とか、あるていど名古屋、横浜、福岡とかで動いてきたわけですけども、そういうところでの希望というのは考えられないでしょうか。

都留　東京が現在革新陣営ですから、東京では一つのテストがおこなえると思うんですよ。しかし、たとえば京都市とかの場合、社会科学者の立場から見ると、とり組む問題が地方公共団体の場合ひじょうに限られてるんだから、それほどテストとしては効果がないのかもしれないな。だから東京においては、まさにテストとしておもしろいと思う。それにやはり美濃部《みのべ》亮吉《りょうきち》さんを支持して、革新的な人たちが都政というものをとおして日本の大都市がかかえてる問題を、革新系ならこういうふうに分析し、こういうふうに処理するんだというかたちの協力がなされなければいけないわけです。また、そういう気運があったときに、美濃部さんのほうにそれを受けるだけの寛容さがなくちゃいけない。まあこれからできるでしょう。

鶴見　よくわからないけれども、国際的なレベルよりは市のレベルのほうが、革新的意欲と結びつく官僚が出そうな感じをもってるんですがね。

都留　それは市長が革新系の人でなくてもありますね。地方の役人のなかには、自分の限られた範囲内でひじょうに異色の業績をあげている人がね。

そういうことにつけても痛感するのは、日本に社会科学者と言われる人が何人いるか知りませんけれども、そういう人たちが、自分のやった学問が、実際に役に立つ、現実とぶつかり合ってどういう効果を発揮するかということについて、もう少し真剣になる必要があるんじゃないか、ということですね。

日本の官僚と国際的舞台

鶴見　都留さんはずいぶんいろんなことをやってこられたわけだけど、戦後にまたいろんなことが加わってしまって、それをどういうふうにまとめをつけようと思っておられますか。戦後というのはどういうふうに都留さんの学問のなかに入っているんですか。

都留　現在考えているのは、経済学者として、やはり日本の社会をよい方向へ変革するための手がかりを、社会科学的な分析を通じて見つけだすという仕事ですね。それができれば、あるていど演繹的にいろんな政策提案も出てくるだろうと思うんですよ。そういう仕事が、もっと多くの人との協力のもとになされるべきだと思うんですが……。

鶴見　それは、行政職についたということがプラスになっていますか。

都留　そうですねえ。わたしが行政職についたのはもう二十年前だから、そこに連続性があるといっても多少の違いはありますからね。まあ多少のプラスになっているかもしれないけれども、それほどでもない気もします。

鶴見　ずいぶん各国の人とつきあわれたと思いますが、ひじょうに素朴な質問なんだけれども、日本の官僚というのは優秀なんですか。

都留　いわゆる官僚といっても、たとえばフランスなんかの上級官僚というのはひじょうなエリートですよ。きびしい試験でね、数も少ない。しかし日本の場合はそれほどの選抜じゃないから、数も多いし、なかにはだめなのもいるでしょうが、おしなべて優秀じゃないかと思いますよ。

鶴見　国際協力の場になってお互いが絡むときにですね、引きずりまわされないだけの力をもっているものですか。もちろん、権力の大小という問題は除外してですね。

都留　それは、行政ベースではとくに引きずりまわされるということはないでしょうね。ただ、政治的な決定を要するような場では、官僚というよりはむしろ閣僚とかそういう連中がつくから、それが引きずりまわされてしまったら最後、もう行政官僚のレベルじゃたいしたことはできないですからね。国際的な舞台ではそれほど優秀じゃないかもしれないけれども、国内管理の上ではいいということもありえますしねえ。元来、日本人というのは国際的な舞台ではよわいですよね。

第一、言語というのが日本人の場合には、価値体系のなかで低いところにあるんじゃないですか。近代国家になってからの日本人のもっている価値体系では、よくしゃべるとかいうことは、諸外国にくらべてこれはあまりに価値の重いことじゃないんじゃないかな。だからそんな人は、巧言令色少なし仁でね、高く評価されないから、国際舞台で堂々とやり合うような人は少ない感じですね。それに、国際舞台でのやりとりにはユーモアがつきものだけれど、日本人でごく自然にユーモアを駆使できる人は少ない。吉田さんは例外だという人がありますが、彼のは自分で誘い込んで自分から笑うタイプだった。英語でいう「ドライ・ユーモア」ではなくて、わざとらしさがありましたね。

（一九六七年）

「日本国憲法」のミステリー

古関彰一／河合隼雄

憲法の現在

古関　憲法というのは基本的には権利宣言である。権利の章典である。日本国憲法は必ずしもそうなっていないし、そこが最大の問題ですが、そう認識しなければいけないのではないか――ぼくはそんなふうにずっと思ってきましたので、日本の戦後についてこれまで言われてきた見かたにかなり疑問をもっています。

たとえば戦後の憲法認識を簡単に申しますと、こんな感じがあります。憲法ができたときはとても民主的な時代で、自由な時代だった。その後日本が逆コースを歩むようになって、どんどん憲法が空洞化されていった。いま憲法はひじょうに空洞化されていると。

ぼくはそれはまちがってはいないが、一面の事実にすぎないと思っています。というのは、そういう考えかたは政府が憲法に対してどういう態度をとってきたかということを基軸にしているからです。政府は憲法ができたころはあるていど護っていて、どんどん護らなくなった、ということです。ぼくはそれだけではなくて、国民がどういう憲法意識あるいは人権意識をもっているのか、さらに言えば、その国民の意識を裁判所がどこまで認定しているのかということを基軸に考えたいんです。

そうすると、日本の憲法ができたころは確かにすばらしいものができたというんで、みんな上のほうがとっても明るくなったと思った。いままで暗雲垂れこめていた戦時下から急に解放されて、その象徴として憲法をバイブルのように受けとめた。けれども、必ずしも自分の生活のレベル、人権意識のレベルで憲法を考えてはいなかったのではないのか。しかし、本来憲法というのは国民が自分の生活のなかから闘いとるものです。それが近代国家の伝統です。つねに自分のそばにあるものなんですね。そして、われわれがそういうものとして憲法を使い出したのは七〇年代くらいからだと思います。

象徴的な自由権で言えば、二一条の表現の自由とか二〇条の信教の自由とかいうものを国民が生活レベルでとらえて裁判にしていくというのはずいぶん遅いんです。自衛隊は憲法違反だとか、政府の防衛政策は憲法に違反するという認識はいまどんどん減っていると言われていますす。それは確かに困ったことです。でも、ぼくはそれだけで見たくはなくて、たとえば夫が自衛隊で殉死した一女性が「自分はキリスト教徒であって、それは彼も認めていたのに、護国神社に合祀《ごうし》したのは信教の自由を侵すものである」と言って裁判を提起したのは一九七三年です。それまでも合祀というのはあったんですが、そういう提起はなかった。それはひじょうに大きな意識の変化だろうと思います。あるいは、いまの憲法は外国人の人権にまったく触れていませんが、これができて三十年以上たってから、日本にいる外国人が「自分たちだけが差別されていいのか」という――この差別は直接的には外国人登録法に基づいているわけですけれども――主張を本気でしだした。これも大きな変化です。その意味では日本人の憲法意識は発展しています。

　問題はそういう権利主張を裁判所がどう認定しているかですけれども、自衛官合祀事件は結局八八年に最高裁で全面的な敗訴をする。あるいは外国人の指紋押捺訴訟もほとんど負けていく。ですから、裁判所というものをどう認識するかということはいま大きな問題になっているわけです。

　さすがに最高裁も最近考えるところがあるようで、毎年五月一日に長官が記者会見をしていますが、一昨年（一九八八年）から「裁判制度を変えなければいけない。国民の参加が必要になってきた」というようなことを言い出しています。そして、やはり陪審制の問題をそれなりに考え出したようで、調査官をアメリカとイギリスに送っています。それは大きな変化であって、そう簡単に実現するとは思えませんが、国民の側でもすでに陪審法案というのが二つの団体から出されていて、ぼくはこの点をとても注目しています。

　それと、憲法というのは国内の国民の人権をどう守るかということだけを考えればよかったんですけれども、実はいまや国際条約などで人権のことがストレートに言われるようになってしまった。ところが日本の裁判所は必ずしもそれを認めないために、その落差がたいへん大きくなっている。それをどう埋めていくかというのはたいへんな問題だろうと思います。

　たとえば国際人権連盟は日本での調査に基づいて去年の八月、国連の人権委員会に「日本の代用監獄は人権侵害である」という報告書を出しています。一方、去年十一月の「子どもの権利条約」や十二月の「死刑廃止条約」のような新しい人権条約がどんどん出てきており、日本はもちろん後者には反対票を投じています。しかし、本来人権というのはどういう国籍の人にどういう権利を与えるかという性質のものではなくて、すべての人間が生まれながらにしてもっている、人間らしく生きる権利ということですから、その面で日本の人権状況が国際的な非難を浴びることは避けられないだろうと思っています。

日本の法律には顔がない

鶴見　古関さんがこの本（『新憲法の誕生』中央公論社）にまとめられた憲法の制定過程の解明という仕事についてですが、「すべては法律からはじまる」という考えかたがあります。これは明治以後の学校制度が暗黙の前提にしているものですが、そんなことは実はないんですね。法律の前にこういう法律をつくろうという動きがあるわけだし、それを見つめることのほうが重要です。

現在のことにひきよせて言いますと、わたしはベトナム戦争時に脱走兵の援助ということを仲間といっしょにやってきたんですが、アメリカの軍法では、宗教人の連合が事情聴取の上「この人は良心的兵役拒否者である」と判定してその証明を出すと、ふつうの軍務につかないようにとりはからってくれます。しかし、その事情聴取のしかたは同じ資格をもった牧師でもそれぞれ違います。

たとえばあるカナダ人の牧師は「おまえは小さいときから教会にかよっていたか」とか「バイブルをよく知っているか」とかを尋ねる。書かれた法があるということからはじまる。でも、だいたい脱走するような人間は学校も行きたくないわけですね。聖書なんて覚えていないですよ。グッと詰まってしまう。証明書を書いてくれない。これは困ります。

ところが、同じ人間を東京へ連れていったら、こんどはアメリカ人のユニテリアン（キリスト教唯一神教派）の牧師がまず「お父さんとお母さんはどんな人か」ということを聞いてきた。それからいろいろ聞いてくるんですが、基本は「人を殺してもいいと教えたか」ということなんです。人間の価値観念の形成過程を問うている。わたしはこちらの見かたのほうが正しいのではないかと思います。

古関　日本では法律に顔がないんです。ぼくは別にヨーロッパ系がみんないいとは申しませんが、たとえばアメリカではその法案を提案した議員の名をその法律のニックネームにしますね。あれはある意味では議員の宣伝になっているのかもしれませんが、やはりいいと思います。日本では、なぜその議員がそれを提案したのかとか、どういう思想をもった人びとがその議員にそれをつくってくれと言ったのかということがほとんど問われないのではないかという気がします。できてしまった法律、あるいは判決をいかに解釈するかが法律家の任務とされている。それは、議員立法が一割もなくて、官僚がほとんど法案をつくってしまうことと関連しているのですが。

河合　そういう意味では古関さんの研究はすごくだいじなことだと思います。ただ、わたしはアメリカへ行っていて、最近帰ってきたばかりなんですが、これを読んでいるとすごいジレンマを感じます。いま言われたようにアメリカとかヨーロッパのモデルは顔がはっきりしているからひじょうにすっきりしていてものが言いやすい。そのよさはわかるんです。一方、顔のない日本のよさもわかる。日本の憲法はほんとうにミステリーで不思議なものなんだけれども、それを単純にいいとかわるいとか言いがたいところがあります。

鶴見　日本国憲法でおそろしいのは、この本で触れられた「日本国民たる要件は、法律でこれを定める」というところですね。

古関　それはGHQ案にも政府草案にもなかったんですが、七月二十九日の衆議院憲法改正特別委員会の第四回小委員会で入ったんです。

鶴見　憲法をつくった人たちは悪知恵を働かせて、基本的人権が保障される人の範囲を国籍法という書かれた法に預けてしまっている。彼らの想像力のなかには、暴力で引っぱってきた朝鮮人はいったいどうなるのかという問題はぜんぜんない。そういう人間はいないことになっている。

古関　よく日本国憲法には明治憲法と同じ条文は一条もないと言いますが、実はそうではなくて、この一〇条だけは同じなんです。明治憲法一八条の「日本臣民タルノ要件ハ法律ノ定ムル所ニ依ル」の「臣民」を「国民」に変えただけです。

鶴見　すべては法から、国籍、戸籍がはじまる。創氏改名して日本人になったところからはじまるわけで、その前の人間は存在しないんだ。畑で働いているとこをぶん殴って、トラックに乗せて、炭鉱に連れてきて働かせても、国法上は存在しないことになってしまう。殺そうが何しようが関係ない。劉連仁事件はまさにそれを象徴しています。中国から引っぱってこられた彼は北海道を逃げまわっていなければならず、しかも、一九五八年二月に雪のなかで発見されたときは不法入国者扱いをされた。

あるいは、これも実際にあった話ですが、第二次世界大戦のとき、日本の軍艦がポルトガル領ゴアの人をとらえた。ポルトガルはファシストの支配下にあったから日本の敵国ではないけれども、病気になったら薬をやらなくてはいけない。それなら黙って殺してしまうほうがいいということになった。登録される前に殺してしまえば、それは法律の問題にならないのだから。

慣習法、自然法から言えば、相手が人間だったら、薬もやるし自分の飯があまっていたら食べさせるでしょう。しかし、この条文ではそうする必要はないんです。平等権の規定についても、GHQ案では「オール・ナチュラル・パーソンズ」だったんですね。生態学的ですよ、これは。

古関　ほんとうにすばらしいと思います。

鶴見　その「すべての自然人は」が現行一四条では「すべて国民は」となっている。そして

「国民」の規定は法律による。

古関　少なくともアメリカは自然法の国ですから、日本政府が「法律で決められた要件に該当する者だけが日本国民なんだ」など言ったらたいへんなことになってしまいます。そこで政府は日本語では「日本国民」とする一方英語では「Japanese national（日本国籍所有者）」とした。つまり、英文では一〇条は基本的人権が保障される人の範囲を限定したものではないかのような表現にした。それでGHQはオーケーしてしまう。

河合　あのへんのからくりはすごいですねえ。われわれの仲間がものすごく巧妙に、何の闘いもしないようにしながら、外国人を完全に疎外しているわけでしょう。ふつう、日本人は「われわれは他人に親切である」とか「他人のことを考える国民性がある」とか言っているけれども、実際はこういう憲法をつくってきている。それはじゅうぶん自覚しなくちゃならないわれわれの欠点だし、そこをはっきりあとづけられたのはひじょうに大きい仕事だとぼくは思います。

古関　たとえば日本に何年あるいは何十年か住んでいる外国人が何か言えば、法律的にはこの条文でぱっと切ることができる。

河合　われわれはよそ者かうちの者かということを厳格な基準にして生きている国民なんですよ。しかも、それをアメリカ人を交渉のあいだに入れながら憲法にまで盛り込んだ。

古関　ぼくはきちっと立証できないんですけれども、第一〇条を入れたのは、佐藤達夫さんなど法制局の官僚のかたがたにそうとう深い考えがあってのことだと思います。そのへんは官僚ってすごいですね。

鶴見　戦争に負けても日本の官僚は平常心を忘れていない。これより五カ月足らず前のことですが、松本烝治《まつもとじょうじ》国務大臣がGHQとの交渉で玉砕したあと、佐藤達夫一人が交渉にあたっている。これもすごい。

古関　松本は病気だとかなんだとか言ってさっさと逃げてしまった（笑）。そこは佐藤さんてえらいと思います。

鶴見　度胸ありますよ。

古関　十何人ものGHQスタッフに囲まれてね。

河合　完全な徹夜で三十時間ぶっとおしですからね。

鶴見　しかもきちんと記録を残している。

河合　佐藤という人は日本の官僚の一つの典型だと思います。長いパースペクティブのなかで生きているわけではないですから、その場でつよいといえばむちゃくちゃつよいんです。

戦争に負けて、憲法をどうするかというときの、日本人のものの考えかたというのはおもしろいですねえ。近衛（文麿）さんは平気で自分ができると思い込んでいた。

鶴見　近衛さんは秀才で、戦争が終わってからも「あの戦争は陸軍軍部と共産党が結託して起こしたものだ」と米軍に言っています。あれは尾崎秀実《おざきほつみ》が足元から出たので震撼させられたんでしょうけれどもね。

河合 近衛さんにかぎらず、上の人たちはまだまだ明治憲法でいけると思ったんです。

鶴見 しかも、もっともよく抵抗した人間までがそう思った。そこにはパラドックスがあります。「天皇機関説」の美濃部《みのべ》達吉《たつきち》、滝川事件の佐々木惣一などがそうだった。

古関 敗戦直後の宮沢俊義もそうです。

鶴見 横田喜三郎も満州事変を批判して以来、そうとうがんばった人ですよ。こういう立派な経歴をもつ人たちまでが明治憲法でゆけると思っていた。

河合 とくにそういう人たちの天皇に対する考えの固さにぼくはびっくりしました。予想外でした。歴史的にはみんなもっと上手に天皇ということを考えていたわけだし、ぼくは日本人のいまの心の状態を考えると、象徴天皇制というのはまだ意味をもっていると思っていますが、この人たちが擁護しようとしたのはそうではなくて、明治になって無理やりつくられた絶対的天皇制だったのですから、不思議ですね。

古関 戦前から人権の弁護をずっとしていた人で布施辰治さんという弁護士がいらっしゃいますが、そのかたは戦争中治安維持法にひっかかった人を弁護したというので治安維持法違反になって（笑）、とうとう弁護士資格を剥奪《はくだつ》されてしまうんですね。

河合 ほう。

古関 それが戦争中を何とか生きのびて、戦後に「戦争中弁護士を剥奪された人は皇居前に集まろう」という広告を朝日新聞かなんかに出したんです。そこでまず天皇陛下万歳をやってから集会をはじめた（笑）。こんなことを言っては失礼かもしれませんが、こっけいの最たるものというんでしょうか。みずから資格を奪われて、とても難儀をしたのに、天皇陛下万歳をやって戦後がはじまった。そして新憲法ができるとこれはすばらしいと言って受け入れていく。そういう戦前と戦後のつながりかた、そのへんはいったいどうなっているのか。ぼくらの世代にはなんとも立ち入れないというか、そう簡単には切れない何かがあるという感じがします。

河合　一つは法律は守らねばならないというのが絶対的な、身にしみたものとしてあったからでしょうね。

古関　「初めに条文ありき」なんです。

河合　それを変えるなどということはなかなか考えられなかったんでしょう。

古関　衆議院憲法改正特別委員会の芦田均委員長が審議の最終報告のなかで「天皇は国民統合の君主となった」と言い、議員が拍手をしている場面というのはいったい何なんだろうということをとっても感じます。

河合　しかし、いまの若い人たちの感覚にはぜんぜんそういうのはないんじゃないですか。

古関　ないですね。

河合　そういう点で日本人というものがそらおそろしくなってくるんです。天皇のイメージがあんまり変わるから。

鶴見　変わることにおいて変わらないんですよ。

古関　そうかもしれません。

鶴見　国体という問題も、それによってあれだけたくさんの人間が傷つけられたのに、簡単に片づけられてしまった。この本で教わったのですが、金森徳次郎は特別委員会で「我々ノ奥深ク根ヲ張ツテ居ル所ノ天皇トノ繋ガリト云フモノヲ基本トシテ、ソレガ存在シテ居ル、是ガ我々ノ信ズル国体デアル」と言っています。なかなかみごとな定義ですよ。この点では天皇のイメージは戦前と変わっていない。

河合　そうですね。

鶴見　金森という人は驚くべき人物ですね。悪知恵の発達したおもしろい人間ですよ。

古関　あまり憎めませんね（笑）。

河合　「水は流れても川は流れません」なんていうのは、ぼくは感激したねえ（笑）。（注・当時、与野党を問わず、新憲法によって「国体」が変わったのか否か、ということは最大の関心であったが「変わらない」と言えば野党に、「変わった」と言えば与党に反対されるなかでの煙に巻く答弁）

古関　ぼくはこれを国会図書館で読んでいて一人で笑ってしまいました。みんながこちらを見るから恥かしかったですよ。

鶴見　これもこの本にあるのですが、だれか風流な人がいて、貴族院で紙がまわってきたというんですね。「かにかくに、善くたたかえり金森の、かのケンポーはそは何流ぞ」。もう一つ、「金森は二刀流なり国体を変えておきながら変らぬと言う」。これに対して金森が返したのが「名人の剣《つるぎ》二刀の如く見え」（笑）。

古関　憲法担当大臣を急に置くことになって、吉田（茂）が頼んだわけですね。そういう吉田とは何者なのかと思います。

鶴見　吉田は冷や飯を食っただけに、人の心がよく見えた。そして、おなじく冷や飯を食った人間を信用した。殖田俊吉《うえだしゅんきち》法務総裁。和田博雄農林大臣。幣原喜重郎《しではらきじゅうろう》。それから、自分が言えば冷や飯を戦争中食わなかった連中はみんな黙るだろうという自信があって、それが彼の独裁力を支えた。

戦争中同姓同名の人が軍需大臣になったことがあるんですよ。それで、そのお祝いにタイがまちがって届いたので、「こういうものがまちがって来ましたが、なかのタイはありがたくいただきました」という手紙をつけて空の入れ物を返した（笑）。自分は冷や飯を食っているけれども、いまの大臣より値打ちのある人間だということなんですね。それだけ度胸があった。

河合　彼がほんとうに天皇のことを思っていたのか、上手に使っていただけなのか、わからんぐらいですね。

古関　ぼくは、この次は一九五一年の安保条約の成立過程をやってみようと思っているんですが、こんな資料がアメリカ側に残っています。アメリカ側の案と日本側の案がなかなかうまく合わないので、吉田も困ってしまった。日本の側も割れているし、アメリカ側も割れている。それで、最後にアメリカ側の代表のダレスのところへ「これは天皇がたいへん喜んでいる案だ」と自分の支持している案を言ってもっていく。これは明らかに天皇を使っています。

それから一九四七年段階ですけれども、日本の講和の問題がだんだん出てくるころに、天皇は「沖縄に主権を残して、施政権をアメリカにわたしてもいい」というメッセージを出したということが言われますけれども、あれも天皇がみずから考えてやるはずはぜったいないわけで、政治的なバランスをつくるために当時の為政者が天皇のメッセージを出す以外にないと考えたんだろうと思います。だから、結果的には天皇はそのときの権力者の意を体していると言わざるをえないのではないでしょうか。

ただ、資料を見たかぎりですと、もう一つ、天皇制擁護についてはマッカーサーがかなり熱心だったという気がどうもしてならないんです。

河合　それは事実でしょう。

鶴見　マッカーサーの父親は明治の日本人を尊敬していた。そしてマッカーサー自身、すごく親孝行でしたから、それが親譲りで入っていたんでしょうね。

推理小説以上のミステリー

鶴見　この憲法は押しつけられたものだと言われますが、実は改正の機会があったんですね。

つまり、極東委員会がこれは改正することができると初めに言って、その示唆を受けてマッカーサーも一九四七年一月三日にその旨の書簡を吉田に出しているんです。施行後の初年度と第二年度のあいだで憲法を国会の審査に付し、改正が必要なら国民投票に問うことができると。ところが、吉田はそれを見送ってしまったんです。

河合 あそこでまた逆転するところがおもしろいでしょう。守る側と攻める側がきれいにぱっと入れ替わってしまう。

鶴見 だから「押しつけ」だけでなかったことは確かです。にもかかわらず、この憲法は豊かな国際的起源をもっています。わたしがいまから考えてみて正直に感心できるのは口語化ですね。山本有三らが三月二十六日に政府に働きかけて口語にする方向にもっていく。松本烝治は玉砕後のやけの心境だったので（笑）、いいじゃないかということになった。

河合 そういう歴史のいたずらみたいなものがおもしろいですね。

鶴見 その結果、憲法の前文は日本語訳もすばらしい文章になりました。あそこにはアメリカ人としての勝者の寛大さがあらわれています。

古関 いまの憲法を愛していて、そこに何か理想があると思っている人はたいてい前文が好きなんです。でも、日本の官僚はそれをつけたくなかったんです。

河合 官僚にとってはいらないものですからね。

古関 そうなんです。そうしたら、四日の交渉でケーディスが怒って、ＧＨＱ案をそのままつけろと言ったのでつけたわけです。

鶴見　あれはチャールス・L・ケーディス、アルフレッド・R・ハッシー、マイク・E・ラウエルらが書いたわけですが、彼らは一九三〇年代、大恐慌とニュー・ディールの時代に勉強した人なんですね。

古関　そうです。

鶴見　当時アメリカは袋小路に入っていて、新しい道を開拓せざるをえなかった。もうマルクスでも何でもかまわないんですよ、知恵があれば。法律は生きているものであって、状況に合わせるように弾力的に解釈しなければならないというのがニュー・ディールの法学なんですが、オリバー・W・ホームズからルイス・D・ブランダイズ、ベンジャミン・N・カードーゾ、さらにフェリックス・フランクファータ、ウイリアム・O・ダグラスとつづく系列の講義をケーディスらは受けている。だから、あの前文には、一九三二年ころの大学一年生、二年生の気分がのっているんです。一方、日本側の安藤正次、三宅正太郎、山本有三らは戦争中苦しんだ人間で、山本有三は『路傍の石』中断以来ほとんど筆をたった。両方が力を合わせてすばらしい文章になった。

古関　法律をつくるというときは、その人がどういう教育を受けてきたかということがひじょうにだいじですね。

逆に、アメリカがかたくなになった一九五〇年代に教育を受けた人たちが、ベトナム戦争のころにアメリカの中枢を担っていくわけです。

鶴見　国際的な起源ということで言うと、もう一つ、フィリピン憲法というものに行き当たります。実はマッカーサーはニュー・ディールをつぶす側だったんで、騎兵を指揮してボーナス・アーミーをつぶしてしまった。

古関　一九三二年に、恩給金の先払いを要求して集まった第一次大戦の退役軍人たちを弾圧したんですね。

鶴見　だけど、フィリピンは父の任地であり、自分もそこで初めての海外駐在をしているし、太平洋戦争中は米極東陸軍司令官として駐在していたので、そこの憲法は知っていた。この本に書かれているように、一九三五年のフィリピン憲法が日本国憲法の「戦争の放棄」規定の起源になっているんです。

河合　おもしろいですねえ。ぜんぜん知りませんでした。

鶴見　それから、ケーディスがGHQ自前の憲法草案の起草に踏み切った引き金の一つになったのが、極東委員会のフィリピン代表トーマス・コンフェサの発言だったわけですが、彼は日本の占領に命をかけて抵抗した愛国者だったんです。この二つの点でフィリピン人は日本国憲法制定に重要な役割を果たしていることになります。また、一九四七年の初め、吉田首相らが冷戦をうまく使ってなんとか十万人の軍隊をつくりたいと考え、その意を受けた外交官朝《あさ》海浩一郎《かいこういちろう》がこの提案をもってきたとき、「十万というのは第一次大戦後ドイツが要求した数字ですな」と言って拒否したのは、対日理事会英連邦代表として東京にいたオーストラリアのマクマホン・ボールです。あれはナチスの発生をよく見ている学者だから発言できたことだと思うんです。オーストラリアにとって日本は最初の侵略者だったので、その警戒心がそういうつよい発言を生み出しているわけです。

ですから、新憲法にはナチスの台頭からスペイン、アメリカによるフィリピン植民地政治、太平洋戦争という現代史の教訓が流れ込んでいると見るべきだし、この国際性は受けつぐべき遺産だと思います。

河合　第九条にある「前項の目的を達するため」というのは、あとになって自衛戦争もしくは自衛戦力を認める根拠として利用されることになりますが、これが修正条項として挿入された一九四六年八月初め当時は、そういうふうに利用できることにほとんどの人が気づいていなかったんですね。提案者の芦田自身がそうであって、あとになってから「あのときすでにそういう説明をした上で挿入が認められたのだ」と言うわけですが、そういうウソというのはすごく多いんじゃないでしょうか。

鶴見　だけど、芦田は日記をつけていたから、自分の日記に裏切られてしまうんですね。

河合　そこが傑作なんです（笑）。しかし、芦田の記憶違いをそのまま使って、彼の日記を作文した記者までいる。こういうことができあがっていくというのはおそろしいと思いますね。

古関　それもぼくは調べていてちょっと気味がわるく思いました。

河合　そうでしょう？　これこそほんとうのミステリーですね。それにくらべたら推理小説なんてまったくつまらないと思います。

古関　芦田修正によって再軍備が可能になるというのは、少数の法制局官僚だけがひそかに心に抱いていた意図だった。ところが、それを見抜いた人たちがいたんですね。極東委員会の中国代表です。

鶴見　その一人、顧維鈞《コイキン》（V・K・ウエリントン・クー）という人はものすごく英語がうまいんですよ。弁舌さわやかでね。息子も英語がうまくて、わたしの同級生で十五歳でハーヴァード大学へ入っているんです。ものすごくできた。この顧維鈞は、それまで国際交渉の場でいつも日本を苦しめてきた人なんです。それが極東委員会へ出てきて、日本は信頼できない、だから文民制度をきちんとしなければいけないということを言う。

古関　それはやはり日本に侵略しつづけられたという体験にもとづいていると思います。

鶴見　中国の顧維鈞、オーストラリアのマクマホン・ボールがあり、その極東委員会、対日理事会の役割が、マッカーサーは一所懸命それをかわそうとするんだけれども、憲法の起源に関係してくるんですね。ただ、残念なことに朝鮮、台湾が入っていないんです。そこを入れていくとき、初めて外国人条項がつよく出てくるはずでしたが。

「わたしは女性にしか期待しない」

鶴見　同時に、ここには日本人のリズムが入っていることを無視できないと思うんです。同盟通信の編集局長だった松本重治の発行した日刊紙『民報』は、小さな新聞であってもアメリカ人によく読まれました。松本さんも夫人もひじょうに英語がうまいですから、その内容が彼らを通じて占領軍の人たちに伝わったと。

古関　そうですね。とくに七月七日に、政府提出の憲法草案が「Sovereignty」ということばを「主権」ではなくて「至高」とごまかして訳している事実を論じたことはGHQの注目するところとなり、結局自由党の提案で「主権」と修正されるわけです。

鶴見　この本に書いてある、高野岩三郎と加藤勘十の役割。いずれも大正から昭和にかけてずいぶん努力した人で、高野の場合は明治以来の抵抗の家系ですよね。それが流れ込んでいる。また、天皇の儀礼的地位を「象徴」として残すというのは、加藤勘十が一九四五年十一月末、雑誌『時論』に書いていますが、これが夫人の加藤シヅエを通して司令部に入っていった可能性はじゅうぶんあります。

あのころ、小さなメディアと大きなメディアの区別はあまりなかったんです。紙が配給制ですから。そういうところに新憲法の日本起源がある。松本烝治と違う日本起源があるということとはおもしろいですね。
マッカーサー自身は日本語がぜんぜんできず、人を遠ざけていて、ほとんどの情報は駐日カナダ代表のE・H・ノーマンからとっていたと言われていますが、ほかの人たち、とくに伍長、軍曹クラスは博士課程の途中でもぎとられて兵隊に来た連中だから、勉強が好きだし、接触する日本人からかなりのものを得ていたようです。

河合　GHQ案の人権条項の起草にはベアテ・シロタという女性がかかわっていたことも忘れてはならないと思います。この人はお父さんのほうがピアニストとして有名ですね。

鶴見　そうですね。昭和の初めの音楽史の流れを形成している人びとです。

古関　法律をつくったり、歴史に残る人権宣言をつくったりした人たちは必ずしも法律家ではありません。みんな現実のなかに必死に生きていて、彼らが「こういう権利が欲しい」と言ったときに新しい権利が生まれるわけです。

鶴見　先ほど戦争に抵抗した人たちが明治憲法でいけると考えていたことが問題になりましたが、実はその一方で彼らとは違うしかたで戦争に抵抗していた人びともいたんです。どの母親も子どもに飯を食べさせるためにヤミをやっているわけですが、それが日常だったんです。そっちのほうが自然法にかなっているでしょう。そこを基本にして考えれば人権本位の法律ができるわけです。
松田道雄さんは「わたしは女性にしか期待しない」と言うが、わたしの気持ちも同じです。

法然上人《ほうねん》も「無知な尼入道と同じように振る舞え」と言っていますが、法律なんか読んだこともない人の感覚、そこからスタートするものが法じゃないでしょうか。

たとえば外国人虐殺の問題がありますが、京都に進々堂というパン屋があって、そこの会長でもう亡くなった續木満那《つづきまな》という人が社内報にこういうことを書いています。自分は兵隊になってすぐ中国戦線へ行った。訓練のためにあした捕虜を突き刺すということになって、その晩悩んだ。結論は「現場には行く。しかし殺さない」。それで、朝行って、命令を拒否したために中隊長に銃の台尻で殴られた。

古関　ほう。

鶴見　これは日本の軍隊の法とは別の法に従ったわけです。松本烝治はえらい学者だったんですが、明治憲法の条文が頭に入ってしまっていて、かたくなになっているわけでしょう。だけど、憲法というのはもっと前からの歴史からできてくるものなので、明治以前の日本人の慣習法はどうだったのかが問題だったんです。それをアメリカ人は無知の力によって直観したんですね。

アメリカは日本と戦争をはじめたとき、日本語を理解できる人間がいなかったので、ものすごい勢いで陸軍、海軍が速成コースの養成をやったわけです。そのなかからドナルド・キーンのようなできる人が出てきます。それで、国務省のなかに委員会をつくるんですが、中心は江戸時代の農民一揆の研究をしたヒュー・ボートンだった。その委員会がまず考えたことは、これから日本は負けるに決まっているけれども、その後どう助けるか、日本がほかの国を侵略したりしないで、経済的な繁栄ができるようにするにはどうするかということだったんです。日本の明治憲法の条文などは知らないんですが、無知な人間も大きな射程で想像力を働かせれば人間的に偉大なことができるんですね。

当時は、日本には英語ができる人が何十万人もいて、大学の教授クラスもいたんですが、彼らは「鬼畜米英」というスローガンに身をまかせて何もしなかった。アメリカの側には世界のなかの日本が見えていたのに、日本には日本の官僚にとっての日本、明治憲法以後の日本だけしか見えなかった。そこがこの新憲法をめぐる対立のおもしろさじゃないでしょうか。

河合　そうですね。

鶴見　いまはもっと長い射程で見られるようになったのだから、もちろん今後の憲法改正というのをじゅうぶんに考えて柔軟にやっていくべきでしょうし、そのときには明治以前の日本のこともよくわかってやってほしい。そして、日本は日本だけで純粋にやっていけないんだから、日本をとりまく国々の人たちのことを頭に入れていかなければいけないし、とくに朝鮮人、台湾人の苦しみが反映するようにしなければいけないと思いますね。

（一九九〇年）

Ⅱ

戦争

強姦について

冨岡多恵子

このことばをはじめて耳にしたとき

鶴見　『うき世かるた』（毎日新聞社）を読みました。

富岡　いやだなあー（笑）、赤い線なんか引いて……、アカデミックに読みはるから（笑）。

鶴見　これは、江戸時代に、関東、関西、それから四国まで、いろんなところの 諺《ことわざ》を選んでつくられた本だけれども、意外に強姦という主題に関するものがないんですね。ちょっと似ているのはある。「月夜に釜を抜く」なんてのが……。この本では、わりあいに上品な解釈をしていられるんだけれども……。

富岡　それは新聞の連載だからなんです。

鶴見　月が天下をくまなく照らして、白昼と同じように明るいときに、他人の細君を奪うということらしいんですよね。だから、それは強姦とはほど遠い、スリルに満ちた交渉、自分の意志と相手の意志とのあいだの交渉の世界なんですね。

見わたしたところ、「いろはかるた」の世界には強姦についてのテーマはまったくないんですね。これが日本の伝統の文化でね、侵略戦争になると、日清・日露のときは統制がとれてたんだけども、昭和に入ってからは、強姦の習慣を、帝国主義というものがつくり出していくわけね。

小平義雄（連続婦女暴行殺人犯）だって上海陸戦隊の勇士でしょ。そこで強姦を自分の身についた習慣とした。

富岡　わたしの父親は明治三十五年（一九〇二）生まれですが、わたしが強姦ということばを子どものときに最初に聞いたのは、父親からですよ。

鶴見　そう。えらいですね、それは。

富岡　え？　えらいって何ですか？

鶴見　お父さん、えらいですよ。

富岡　敗戦が小学校四年生のときで、そのときは大阪の郊外に住んでいたんですけれども、伊丹の飛行場が近いところです。大きな洋館とかのある住宅地だったから、占領軍の将校の家庭用に接収されたわけです。わたしの家は安物の家だったのでとられなかったんですが……。その「進駐軍」の家族が入ってくるといったときに、わたしは十歳だったんですが、父親が「あぶない。おまえの年でも強姦される」と言ってるわけです。そのときに強姦ということばを聞いた。具体的にはよくわからないけれども、何かひじょうにこわかったのを覚えてる。すごくこわいことがあるかもしれないと。

父親は、いざとなったら娘をどこへ隠そうかと考えていた。以前、自分が中国でろくなことをやってないわけで、結局、自分がやってきたことをそこでひっくり返して考えるわけね。だから、必ずそういうふうになると言う。そのときに初めて強姦ということばを聞いたんです。

鶴見　日本国中で、戦争に負けたというときにすぐに強姦というものが頭のなかに浮かんだのは、自分たちが……。

富岡　やってきた……。

鶴見　……やってきたことが、自然に出てくる……。

富岡　そう、うちの父親なんかまさにそれなんですよ(笑)。こういう状況になったら必ずやる、というんですよ。自分の娘がこんどはやられる(笑)。

鶴見　そのときに、それだけ実際的な知恵として発動したのに、その後の四十年間に、その知恵が日本の教科書にぜんぜん出てこないわけね。社会科や日本史・世界史とあるときに、どうしても満州事変(一九三一年)以後の強姦なんてのはぜんぜん出てこなくて、しまいには南京虐殺(一九三七年)だって幻だったってことになるわけだから、これはえらいことだと思うんですね。

　あのときに実践的な知恵として……。

富岡　うちの父親みたいな人はいっぱいいたと思いますよ。インテリ階級ではなくって、ただ徴兵でとられて、最下級の兵士として泥沼のなかを兵器を運んだりしたわけでしょ。それでいて勝ったとなったらそこの村の女をワーッとやったんじゃないんですか。

鶴見　日本人てわりと正直だから、お互いのなかに酒を飲んでるとその話が出てくるんです。案外隠さないんですね。

富岡　隠さないですよ。

鶴見　日本人をそうやったんではないから、いまも罪は追及されないという安心感があるんですね。

富岡　そうなんですよ。

鶴見　もう海をへだてて帰ってきちゃったから、別世界にいるから。しかしそれは政府訓令もなく実践知として発動されたのに、どうしてそれを教科書のなかに書き入れないのか。日本の教育制度も文部省もきわめて遅れてると思うね。そういうものも入れて初めて教育ができると思うんですけどね。

富岡　その人たちは、何かゲーム的な感じでとらえてるんじゃないですか。わたしの父親でも、知人が来たときにお酒を飲みながらそういう話が出たら、楽しげにゲーム的な感じでしゃべっていましたよ。

初めて聞いたときが十歳でしたから、その強姦ということばが強烈に自分のなかにあって、「進駐軍」や集団化したときの男に対して、おとなになってからでもその恐怖感はなかなか消えなかったですね。その後そういうことが話題になるとき、同世代以上の男が「女は強姦がいやだと言ってるけれども、結局どこかに強姦してほしいという願望があるんじゃないですか」と、半分ひやかしに言う人がいましたが、そういうのを聞くとひじょうに不愉快でしたね、わたしは……。

そうとうのインテリの人からも、そういうことを何回も言われたことがありますよ。

鶴見 インテリは、酒が入ったりなんかして、ひと皮むいたら大衆です。

富岡 そう、うちの父親なんかと同じレベルですよ。

鶴見 同じなんです。実践知においては。

分光器にかけられる男

富岡 女には被強姦願望があるはずだと言われて、そうじゃない、とそのときに言っても、わたしは実際に強姦されたことがないわけだし、彼らをうまくやっつけるロジックがわたしにないわけですね、そのときはまだ。いちばんいやなのは、恋人とか夫の前で、そういう事故――まあ強姦というのは事故ですね――にあったあと、自分が立ち上がったときに、夫なり恋人なり自分の好きな人のところに駆けよっていけるのかどうか、というひじょうに具体的なイメージで考えましたよね、女としては。たとえば夫なり恋人の目の前でやられたときに――一人対一人だったらなんとかなる場合もあるでしょうが、相手が三人、輪姦なんかの場合にはぜったいにどうしようもないから、その場合、自分が立ち上がっていけるだろうか、男は事故だとほんとに信じるだろうか、事故だとわかってても突きとばすんじゃないだろうか、というようなことが、若いころはイメージとして恐怖を呼びましたね。いまはちょっと違うかもしれない……。もう強姦されないだろうし（笑）。いや、わからないな、これは、わからない。だってこれは選り好みじゃないんだからね。

鶴見　コリン・ウィルソンの『殺人百科』（彌生書房）なんか見てると、攻撃本能がワーッと出てくるような状況だったら、相手の年齢も性格も問わない。

富岡　そうなの。これは別に若いとか年増だとか関係ないからね。

鶴見　それは攻撃本能にボッと、ガソリンに火がつくようなもので、その条件に対応するんですね。

富岡　そうなんです。

男は、自分の恋人なり奥さんなり、いちばん愛してると思ってる人が、自分の目の前で暴力でそれをやられたときに、どういう心情をもつだろうな、ということにわたしはひじょうに興味がありましたね。男の攻撃である強姦を事故とわりきれるかどうか……。

鶴見　男を分類するときに、一つのメドになるかもしれませんね。

富岡　頭では、これは暴力で、殴られたり顔を切られたりするのと同じだと思っていても、性器というのは、その場合には機能として利用されてるにすぎないけれども、やはり、愛情のつながりのなかの重要な部分を占めているから、男がどういうふうにそれをとり扱うだろうかな、というのは興味ありますね。

鶴見　それは男を分光器にかけるようなもので、違う男が出てくると思う。

富岡　そうですね。強姦された奥さんなり恋人なりを殴らないし、何もしないとしても、その次の分光器があって、その後いっしょに暮らしたりする場合、その事故を心理的にどういうふうに始末していくのか……。

鶴見　それはむずかしい。

富岡　そのほうがむずかしいでしょうね。

鶴見　ここでまた分光器にかけられる。

富岡　そこでは女もとうぜんかけられます。

鶴見　それが『暗夜行路』でしょうね。あれは強姦ではないけれども、強姦だったら……。

富岡　いや、浮気とか、そこに心情的な何かがあれば別ですけれど、強姦の場合は、する側は攻撃でされる側は事故として考えなきゃいけないわけでしょ。

鶴見　作品集『芻狗《すうく》』のなかに「輪の世界」という小説がありますね。女と親しくなった人たちが、道を歩いてるときに〝ポコッ〟と女を殴るんだ。女と一度からだの関係をもったら、常時殴るのがふつうだ、それが親しみの表現だと思っている人たちがいるわけね。

富岡　男が？

鶴見　ええ。で、女もそれがあたりまえだと思っているわけね。そこにうっかり迷い込んじゃった女性の話ですね、あの小説は。

男と暮らしているけれども、しまいに離れていく。それで、その男のお母さんも、そういうのはあたりまえじゃないかと言っていろいろと相談にくる。

要するに、からだの関係のある女は、道を歩いていても殴っていいんだということが常識になっている社会ってあるでしょう。これは強姦とはちょっと違うんですね。

富岡　違いますね。

鶴見　それは親しみの表現なんだから……。強姦というのは、計画的であれ、突如であれ、ワーッと相手を倒して、いっしょにねてしまって、あとはどうなったって考えない。

強姦は、どうも日本ではわりあいに少ないらしい。

富岡　でしょうね。

鶴見　お互いにムラの社会だと、いっしょに風呂に入ったりしているし、ある意味で相手に対する配慮があるでしょ。だから、殴ったりするのがあたりまえとは言っても、それは強姦そのものとは違うわけね。

ところが、いったん中国戦線に出たりすると、外国人は強姦の対象になって、すごくたくさん強姦・殺人ということをしたね。それが日本の男の文化史であって、それを正面にとりあげたい。

だから富岡さんが小説で書かれたような、自分とからだの関係ができてしまった女は、殴っても何しても平気で、それが親愛の表現だというふうな習慣は、強姦ではなくって、強姦亜種だな。

富岡　強姦が「相手の意志を無視してねる」とおっしゃいましたけど、あれは〝ねる〟んじゃないでしょう。性器は利用されてるけれども、性行為ではないでしょう？　性器を利用した暴力ですから……。

鶴見　〝ねる〟というのとは違いますね。

富岡　違いますよ。

鶴見　突き刺す行為なんですね。

富岡　だから、あまりにも性的なものとしていままで強姦を考えてるけれども、そうではないんじゃないですか。

鶴見　攻撃ですね。

富岡　昔見た映画なので、細かいことは忘れましたが、「処女の泉」という映画で、字も読めず、小さいときから羊を追って番小屋で暮らしてるだけで、人間らしい暮らしをしてない男たちが少女を犯す場面がありましたでしょう。ふつうは羊とやっているんでしょうね。それが、たまたま支配階級の女の子がとおったからやるというのは、性的飢餓感ではなくて、おそらく意識しないほどの深い恨みと攻撃欲によるものでしょう。

　性的に飢えてるからというのではなくて、性器を利用しているだけじゃないですか。性器を利用するというのは、いちばんきつく人間の深みを攻撃できるということを本能的に知っているから……。黒人が白人の女をやるのも同じことでしょう。

鶴見　好奇心じゃないでしょう。

富岡　好奇心じゃないですね。

鶴見　ふだんはつねに攻撃的なものがたまっているんです。あるときにそれがバッと出るんですね。

そういう文化のかたちというのは、ヨーロッパ、アメリカと違って、わりあいに日本ではないみたいですね。しかし、追いつけ追い越せだから、白人の文化をいっしょうけんめい模倣して、ことに外国との戦争というのは、あれは強姦ですからね。

富岡　そうですよ。

鶴見　だから、むしろ〝ねる〟という型よりも、〝戦争で人を殺す〟という戦争の型に近いですね。

富岡　だから、戦争が終わって、占領・被占領という関係になったときは、女が戦勝品として扱われるということもあるけれども、その後に必ず強姦事件が多いというのは、その戦争の型が、文化の戦争に引きずっていかれるということではないですか。

家庭内強姦とその未来

鶴見　大工原秀子《だいくはらひでこ》という人がいるんです。この人は老人ホームの調査をやって、『老年期の性』（ミネルヴァ書房）という本を書いた。それによると、老人の男に聞くと、老人の男は女性と性行為をしたいといまも思っている。七十、八十になっても。ところが同年輩の女性に聞くと、配偶者がいても男と性行為をしたいと思っていないんです。そこに落差があるんです。それは、裏返してわたしが考えると、明治・大正生まれの男と女の場合、男は家庭内強姦をずうっとやってきたからなんですね。そのことの長い不愉快が、その老人ホームでの調査での違いになってきていると思います。もしその家庭内強姦がなければ、そういう数字が出なかっただろうと思います。

富岡　そうだと思います。でも、これからはわかりません。いまの三十代の人が七、八十になったときは、むしろ女のほうがやりたくて（笑）……。

鶴見　そうなってほしいと思うんですね。

富岡　そうなるんじゃないですか。

鶴見　そうすると、日本文化史の大変化が起こるわけですね。

富岡　もうそろそろ、四、五十歳でもその傾向が出てきてるんじゃないですか。二十代でも男の子より女のほうの方がパワーがあるでしょう。

鶴見　いま言ったような意味での家庭内強姦と、「輪の世界」で、殴られる暮らしから離れた女のところに相手の男のお母さんが「どうして来ないのか」と来て泣いたりするように、親愛の情はあって、それは強姦意欲とはぜんぜん違うんだけれども、そのなかには、家庭内強姦の伏線みたいなものがありますね。

それが、なんとなく日本の社会のかなり大きな部分と地つづきになっている気がする。特別な社会じゃないと思う。

そのことの長い勘定をいま突きつけられている。

富岡　結婚の初夜の儀式などはいろいろなかたちが残っているでしょうけれど、あれはやはり強姦の儀式化でしょう。

鶴見　そうですね。

富岡　村の若い衆がそれを見届けるとか、赤い布を振ってみんなに見せるとか、土地によっていろいろあるそうですが、ああいうのは強姦の形式化というか、儀式化でしょう。

結婚で強姦されるために女の人は処女を守り、性の知識を得てはいけなかったのね。

鶴見　そうそう。だけど、むしろ逆に、富岡さんが十歳のときに戦争に負けたから強姦ということばを知ったと言われたけれども、実は女性は、三歳四歳ぐらいから強姦される危険に置かれているわけでしょう。生まれたばかりの赤ん坊を強姦するということを希望する男がどれだけいるかわからないけれども、とにかく、二、三歳からその可能性をもっているわけで、その状況にいるということを、家のなかでも学校でもきちんと教えるべきだと思うし、男は自分が強姦をなしうる存在だということを自分で知って、それに自分でブレーキをかける訓練をやっていくべきだと思います。それが思想の力だと思う。

もちろん、中国で何をやってきたかを教科書で学ぶべきだし、南京虐殺は幻だみたいなことのように全部、白塗りしてしまうのは困ると思うんだが、そういうことをまともに出していかなければ、教育の意味はない。

富岡　教育でもほかのことでも、たいていのことがそうなんだけれども、男が教科書をつくるスタッフだし、男の攻撃本能がそういうところにも出ていく、ということをやはり隠したいんでしょう。

鶴見　それが困る。家庭科というのは、男が料理をやるということだけではなくて、いっさいをふくめて、歴史の見かたから何から全部を総体として変わっていかなければならないと思うんですね。

富岡　でも、女にもその裏返しの攻撃欲があるわけです。男ばかりにあるわけではないのです。あんな不愉快な思いをさせられた男だったら、女五、六人でその男を羽交締めにして、辱めをどういうふうに与えられるだろうかと考えるかもしれません。

鶴見　女は、待てば肉体の力によってかならず男に復讐できる。一対一でも男のほうが先によわってくる統計的チャンスがあるわけだから、そのときに完全に自分の意志の下に置くことができるわけだし、棄てることもできるわけです。だからそうとうの復讐が、待つことによってできるわけです。

富岡　できると思ってるわけですか?

鶴見　できると思う。

富岡　うーん、できるだろうけれども、それだけじゃないと思いますよ。女にだって攻撃欲はあると思いますよ。

鶴見　子どもを自分のほうに近づけて、男を包囲することでやることもできる。だから、男の家庭内強姦に対する防衛というか、逆の攻撃はかなりなされているとも言えるかもしれない。

富岡　女は、機能的に男に対しての強姦は不可能だと言われているけれど、女だって状況が状況なら男を強姦すると思いますよ。

鶴見　そういうハウツウものができるかもしれないね(笑)。

富岡　『芻狗』という小説は、実際に女が男を強姦するところまでは行かないけれども、それに近い攻撃本能を書こうとしているわけです。

　中年以上の男が若い女をひっかける、あるいは部下の女を誘ったりというのはぜんぜん不思議なことではなくて、逆に年上の女が若い男をひっかけるとなると、これはいまだにスキャンダラスなことになってしまう。若い男、たとえ一つ下の男と結婚しただけでも姉さん女房と言われるような、そういう伝統がずうっとあるでしょう。

女は、いつも自分がひっかけられるほうだった。もちろんいまは逆になって、女が一本釣りに出かけるようなことも出てきてるけれども、社会的認知はまだないですね。

『芻狗』では中年の女が意識的意欲的に若い男を一本釣りしていく。しかし、性交はする、というより性交しかしないのに性的快楽におぼれない。中年の女が若い男の肉体におぼれるとか、女が浮気をしたら必ずおぼれる、というような俗説の嘘をくつがえす。

この小説で、中年の女は、人生的経験、性的経験、経済的能力、知識とすべての点で若い男より優位に立っているので、それらを特権的に使って若い男をひっかけていく。これは女の攻撃本能の表現ですし、また一種の暴力です。気に入った若い男をひっかけるわけだから、純粋に強姦にはならないけれども、男がどういうふうに反応するかを見るのが楽しいわけです。そして、若い男がどう反応するかを見るというのは、歴史的存在としての「男」がどう反応するかを見て楽しみたいということでもあるわけです。

鶴見　その相手を見ていくところは、男の強姦とは違いますね。男の強姦は、ガソリンが溜っていて、ワーッと燃えるところから出発するので、まったく内部的なエンジンの発動なんで……。

富岡　まあ、これは小説なんでインテレクチュアルにやってますし、理屈はつけているけれども。恋愛風俗や性的風俗を書くのが目的じゃありませんから。そこで作者のもう一つの楽しみは、こういうものを読んだ同世代以上の男の読者の反応を見ることで、おそらく不愉快じゃないかと。

次々に男がひっかけられてていくことに対して男がどういうふうに反応するかということに、わたしは興味があったの。

女の肉体が買われる哀れな話からはじまって、強姦される話とか、いつも女が性的に屈辱を味わわされる話は、いかに文学化されていようと、もうウンザリするほど見たり聞いたり読んだりして、どこか底のほうでいやな思いをしてきているわけです。だから、逆のコンセプトでいやな思いをしてもらって、それをきっかけに人生の深い楽しみを味わっていただきたいと（笑）。

鶴見 じゃ、考えてみれば、そのモチーフは早いうちから富岡さんのなかにある。

富岡 そうですね。

鶴見 『植物祭』（中公文庫）のなかに、少年っぽい男を、塾の先生をしている女性が、一本釣りで引き寄せていく話があるじゃない。あとでその少年が「何だセンコーか」と言って、ものすごく笑う……。

富岡 そう。心中物にしたって何にしたって、とにかく古今東西、書かれた話に出てくる女性像には、どこかでイヤな思いをしてるわけです。それは文学のつくる弊害、文学のつくるステレオタイプな女性像で、そういう、男につくられた女性像が不愉快だという気持ちは理屈より前に肉体的な感じとして来るんですよ。

鶴見　男がそういう女性像のかたちをつくれば、そのことによって、男には結局、不愉快なことがまわってくる。その勘定書きは必ずまわってくる。

男が女を使い捨てにできると考えて、そういうふうにすれば、自分は女になりたくないなといつでも思って暮らしているだろうし、女に生まれたくないと思って一生を終わるわけだけれども、そのことは男にとって何か。借問《しゃもん》す、それでは男とは何か。その問題は必ず返ってくるんです。それを返ってこないと考えるほうがどうかしてるんで、実際には男にはそうとうの損害が返ってきています。

まわってくるツケに気づかない批評家

富岡　その後、わたしは、長編小説を二つ書いたんです。

一つは、平凡の醜悪さみたいなものをもっている男の、なんのとりえもないサラリーマンを主人公にし、もう一つの小説では、研究所に勤めている学者先生を主人公にしているんですが、両方に共通するのは、職業人としてのおもて向きはごくふつうの人なんだけれど、男として見ると、女の扱いかたも知らない、女ってのは何かをまったく考えないで生きていられる人で、奥さんにきらわれるから家庭内で強姦しているわけです。

その小説に対しての、批評家を初めとする男の人の反応は、「あんな不愉快な男は現実にはいない」ということでしたね。ひじょうに不愉快な男――思想ではなく、日常的な肉体感覚として女にとっていやらしい男――を書くと、「男はあそこまでバカじゃない、あそこまで不愉快じゃない」と言うのね。おもしろい反応だと思った。

鶴見　日本の男には少ないかもしれない。つまり、男らしい男がいないから。つまり、いやらしいほどに男らしい男は、日本の社会のなかでは育ちにくいから。だから、型として、女を強姦する相手として見て――家庭内強姦をふくめてだけれども、女からは、つねに自分が強姦されるかもしれないという警戒されるものとして自分をとらえていくとすれば、男の生涯が変わっていくということは不可能になるわけだから、男の生涯は単調な一生になる。

たとえば、知能をどんどん磨いていって、共通一次で満点とろうとか、定年までになんとか局長か次官になろうとか、社長とか、それだけの点数計算の生涯になっちゃうでしょう。そういう暮らしの設計は晩年になって男にツケがまわってくる。だけど、そういう純粋型の男らしさも、日本のように男女ごちゃまぜに子どものときから暮らしているところでは、育ちにくいのじゃない?

富岡　でしょうね。

鶴見　そういう男らしい男ってのはよくないと思うけどね。だけど、表面の理想としてはそれが、男にこびりついちゃってるんだな。

富岡　あとのほうの小説の内容をもう少しくわしく言いますと、主人公は職業的にはインテリで、仕事の上では、大衆を威嚇《いかく》、脅迫するような知識学問を憎むと書くような人物だけど、奥さんに性行為を拒まれつづけていて、「なんであんなにいやがるのか、しばらく目をつむって我慢してくれればすむことなのに。男は世間でいやな労働を売って飯を食っているのに、あれぐらいの労働をどうして我慢できないのか」と知り合いの女に愚痴を言うような思想の持ち主なんです（笑）。

鶴見　それはおもしろいね（笑）。それはまさに家庭内強姦がテーマですね。

富岡　そうなの。でも、あんなにいやらしい男はいない、ということで、だいたいトンチンカンな反応でおもしろかったです。

鶴見　書けすぎているからいやなんでしょう。たとえば家庭内強姦をしている人間がいると仮定しましょう。その人が家庭内強姦を書かれた小説を読まされたら、不愉快だと思う。

富岡　まあ、そうでしょうね。

鶴見　そのツケがまわってきて、いまの、定年になったとたんに〝おひまをいただきます〟てなことになって、いろいろな問題が出てきてるんです。

富岡　そうなのよね。でも、ツケを向こうにまわしたところで、女の不快感と恐怖感というのは急に消えないでしょうね。

鶴見　昔の……というより、日本が農業社会であったころは、ムラの気風が生きてるから、『うき世かるた』みたいな、ある種のだらしのない道徳習慣が生きてたはずで——それはちょっといいものなんだけど——そのだらしのない道徳習慣が消えていって、都会風になると、こんどは都会ではエレベーターのなかでちょっとというんで、知り合いに対して強姦するというようなアメリカ風がどんどん入って、日本みたいにその都会風が列島全部におよぶところでは、強姦はいままでよりも大きなテーマになっていくでしょうね。

富岡　これからはとくにね。

男女共学の実をあげていないいまの学校制度

富岡　アメリカの大学で先生をしている友人——女の人——が話してくれたことだけど、あるとき教室に入っていったら、やたらたくさん犬がいるんでなんだろうと思ったら、女の学生が犬を連れてきてるんです。キャンパスで強姦されないために。

鶴見　おもしろいね、それは！

富岡　わたしは、その景色を想像して、文学的に感動した。

鶴見　いや、それは感動する。

富岡　でしょう？

鶴見　犬がね、チョロチョロまわってくすぐったりしたら、男はなかなか強姦できない。男はそうとう神経質なものですから、行為の最中にそういうふうに気を散らされたりしたら、それでも強姦できるというのは、やはりたいへんなことで、できないと思う。

富岡　そうでしょう（笑）。それで、教壇に上がってパーッと見まわしたら、女の学生の横に大型犬の顔がポコポコ、ポコポコ見えてると言うの。犬も訓練されてるから、そばでじっと講義を聞いているって言うの。

鶴見　それはちょうどビクターの犬みたいだ（笑）。

富岡　とにかくレイプがやたら多いらしい。だから、高校などでもレイプにあったときに、殺されずに逃れる方法を教えるとか。とにかく目をつぶってじっとしてなさいと。そしていまは犬を連れてくる……。

鶴見　それは未来社会だね。犬のほうが賢くなるかもしれない（笑）。犬も、ヘーゲルとかカントとか言うと反応するようになるかもしれない（笑）。

富岡　日本はまだそこまで行ってませんけども。

鶴見　日本はね、明治以前から混浴の習慣などがあって、お互いを子どものころから見知っていると、なかなか強姦まで踏み切れないんですよね。

富岡　だけど、いまはかなり孤立してきてるじゃないですか。個室を与えられるとか、親子で入れるほどの大きな湯船がないし……。

鶴見　銭湯も後退しちゃったしね。学校が男女共学の実をあげてないといけない。保育園の段階、三、四歳ではあげているみたいだけど。そのころに強姦なんてできっこないんだから、そのころにお互いにいっしょにいろんなことをやる習慣ができて、飯をつくるのもいっしょだし、日本の歴史をとらえるにも強姦の歴史や中国侵略の歴史も全部入れていって、そのへんから理解していくようにしたらと思うけどね。臨教審なんてそういうことをぜんぜん考えてくれないからね。臨教審も強姦をちゃんとテーマにとり上げてもらいたいと思うね。

富岡　いまの若い男の子は、昔とずいぶん感じが変わっていると思わないですか。

わたしが小学校や中学校のころというのは、女の子が一人で道を歩いてたりすると、何人かでかたまって働いている男たちが、すぐからかってワイセツなことを言って、こっちはそのことがすごくいやで、一人でそういうところをとおらないようにしたでしょう。

鶴見　そうですね。それは明らかに変わりましたね。

富岡　ニキビギラギラの男の子がワーッといて、そこを女の子が一人でとおると、なんだかんだとワイセツなこと言ったでしょ、昔は……。いまはそんなことなくなったでしょう。いまの女の子は男の子がこわくないでしょう。わたしなんかはやはりこわかったわ。

鶴見　わたしは逆にこわかったね。つまり、自分が強姦しかねない人間だと女性に思われやしないかっていう恐怖はあった（笑）。

富岡　でも、そんな人はめずらしいんじゃないですか。

鶴見　だから、とってもこわいわけ。なんとなく浮き立ってくるわけだから……。

反強姦文学

鶴見　戦争中、わたしはすごくいやなことがあった。軍隊には慰安所ってのがあるでしょ。そこで、自分がいっしょにねてきた女の話をするんです。それがすごくいやなんだな。つまり、自分は感謝すべきでしょう。ところが輸送船なんかに乗って死ぬかもしれないとなると、兵隊がうたっている歌は、そこでねることのできた慰安所の女性を「さらばラバウルよ」という歌のなかにおり込んで、〝両手合わせてありがとう〟とうたうんだね。こっちのほうには感動するんだね。それがほんとうの気持ちなんだね。それが違うかたちで出てくるときがあるんだね。それがいやだったなあ……。

富岡　その慰安婦の話なんて、戦記物が書かれても正面には出てこないのね。戦時中軍部が発表を不許可にした写真を集めた本（『不許可写真史』――一億人の昭和史〈10〉 毎日新聞社）に、慰安所の写真に〝不許可〟というハンコが押してあってとってもおかしかった。ああいうところの男の景色は想像しただけでもおかしいのね。

鶴見　それはやはり分光器にかけられてるんだと思うんです。海の上に出るともう女性がいないでしょう。もうこれで自分が人知れずつぶされて終わるかもしれないと思う。そうすると、集団としてではなく、自分とねてくれた女性個人に対する感謝の気持ちが〝両手を合わせてありがとう〟と出てくる。菩薩に見える。そうじゃなくて、陸《おか》の上にいるときは、自分が明日死ぬわけじゃないから、あの女はこうだった、この女はこうだったと、酒の上で男どうしの話題にする……。二つのレヴェルがある。

富岡　そこをなかなか超えられないんだな、集団の文化として。

鶴見　だから……超えられないから文学がある。それを全部分析できたら文学なんかいらないもん。

富岡　だから富岡さんのようなハン強姦文学ってのかな（笑）、そういうものが出てくる源泉がまだ活動している……。

鶴見　その〝ハン〟というのはどの〝ハン〟ですか？

富岡　え？　反対。

鶴見　反対の反？　わたしはまた〝汎〟かと思って（大笑）。

富岡　だから逆に男を強姦しよう（大笑）、男を強姦しようというモチーフだね。

鶴見　ウーン……強姦しようっていうんではなくて、小説という知的興味でしょう（笑）。

（一九八五年）

人間が去ったあとに

粉川哲夫／福嶋行雄／マーク・ノーネス

アメリカ映画「広島・長崎における原子爆弾の効果」

粉川　この映画が最初に企画された段階から最終的にわたしたちがいま、こういうかたちで見るまでのプロセスに、いくつかの屈折、いろんな意図、偶然が関与しているんじゃないかと思うんです。日本映画社側は当初、ジュネーブの国際赤十字を通じて世界に広島、長崎の惨状を訴えるドキュメントをつくりたいという意図があった。その企画の段階で、文部省の原子爆弾災害調査特別委員会がつくられて、そこでも広島、長崎の状況を調査しようという計画がすすみはじめたわけです。どういうやりとりがあったかはわからないんですが、最初の日本映画社の加納竜一さんや伊東寿恵男さんが考えていた企画と日本の国側の意図とがどこかで結びついて、実際には一九四五年の九月以降から撮影、調査がはじまったということだと思うんですね。

　ところが、そのあいだにアメリカ側でも、アメリカ戦略爆撃調査団が現地調査をやろうという計画がどんどんすすんで、向こうもやりはじめる。そのプロセスのなかで、日本側がすでに爆心地まで入って撮影してることがわかって、ならばそのフィルムを使おうということになった。そういう屈折が、この映画をビデオで見てますと、いろんなかたちであらわれている。

　この映画の多くの場面が、いわゆる当時の科学映画のやりかたで撮っている。極端な言いかたをすると、「警察の鑑識写真的な撮りかた」なんじゃないかという気がしました。生活を局限まで排除して事実を積み上げ、記録してゆくようなスタイル。これはひじょうに非人間的な操作であるわけで、明らかにそこには戦争の悲惨さをもデータとして使っていこうという意識が潜在的に隠れている。

いまぼくらが見ている十九巻のフィルムというのは、あくまでアメリカの戦略爆撃調査団が、原爆の結果を調査した厖大な資料の補助映像資料としてつくった傾向がつよいんじゃないかと思うわけですね。

とくに広島篇ではその方向性がはっきりしている。つまり、いかにして建物の影から原爆の爆発した地点を算定していくかとか、雲母が熔けたり、神社の石が膨れあがったりというひじょうに微細な物理的痕跡から、実際にどのていどの熱がつくられたかを算定する。それから、土石が何センチ動いたから、動いた距離と元々の土石の重さとを算定して、どのくらいのエネルギーが爆発したのかとか。

さらには、そういう考えかたが人体にも採用されて、人体が徹底的に一種のデータにされるわけですね。子どもが寝ていて、からだ中が火傷だらけになっている。そこを医者が脱脂綿で薬をつけているようなシーンがありますけれども、その場合にも、子どもというのはやっぱりデータ採取の対象でしかない。

あきらかに泣いている子どもが映っているんですが、鼻から上は映さないで、泣き顔を見せないようにしている。この映画のなかでは、子どもが何かを叫んでいたり、泣いていたりっていう映像がほんとうに少ないですね。たぶん、痛みで泣き叫んでいる子どもとか、苦痛に苦しんでいる子どもたちというのはものすごくいたし、そういう映像もあったと思うんですけれども、そういう映像はこのなかでは使われずに徹底的にデータとして考えられている。

そのつくり手の意図を考えると、この映画はやはりある種、警察の鑑識写真的な性格がつよくて、いまわれわれが見るとひじょうにクールな、冷酷なまでの撮影意図というのが見えてしまう反面、事実の凄さ、悲惨さというものが見えてくることも確かなんですね。

そういう意味では、メロドラマチックな戦争映画ではぜったい出せないような、戦争のいわゆる悲惨さというよりも、どうしようもない逃げ道の無さみたいなものが、ひじょうによく出ていたんじゃないかという気がしました。

鶴見　いや、びっくりしましたよ、わたしは。初め長さに圧倒されるばかりで何が何だかわからない。ずいぶん長く見ていてもわからないんですよ。で、結局、エピセンター（爆心地）っていうことばが出てきて、エピセンター、エピセンター、エピセンター……。なんかカフカの「城」みたいなんです。これはエピセンターに向かって、エピセンターを確定していく映画なんですね。

この映画をなぜアメリカがもって帰って、秘密資料として分類したかというと、爆心地のどの高度で爆発するのが最適かというのが戦略上たいへんに重要な問題だったからでしょう。その手がかりを得るために撮ったんだということが最後まで見てわかった。けれども素人が虚心に見ていると、エピセンター、エピセンターということばばかり出てきて、ほんとうにわからない。

そして「影」の研究をしますね。あそこは、ある意味でカフカにも似てるし、トールキンにも似ていますね。トールキンの黒い騎士が出てくる、ああいう感じのシャドウを撮っていきますでしょ。シャドウは、歩行者の影だけではなくて、機械のハンドルの影も見せる。どっちから光がきたかを見るんですね。あれは……なにか「人間が去ったあとに」という感じがしますね。映画の初めは人間が出てこないから、「アンダルシアの犬」のようなものすごい前衛映画を見た感じがありますねえ。

粉川　ええ、そうなんですよ。

鶴見　やがて日本人も出てくる。仁科（芳雄）調査団でしょう。それが、みすぼらしい夏の服装をしていてきわめて中立的な表情をしているのは、不思議な感じですね。それから、鳴っている音楽がそぐわないですね。不思議な、不思議な、音楽なんだ。「廃墟と影」という絵にぜんぜんそぐわない。みすぼらしい日本人の夏のシャツにもそぐわない。当時流行っていたクラシックからとったんだろうけど、ちぐはぐなんですね。これからつくろうと思ったらつくれないね。あのちぐはぐさを出すことはむずかしいね。一回限りのハプニングだと思う。

粉川　ですから、ひじょうにうますぎるんです。影の測定というのも、ああいう場合、軍隊なんかがやるというのは決まっていたのかもしれないけれども、あれは日本人がやってるんですね。

鶴見　そう、そう。

粉川　ところが、それはアメリカにとって好都合なことになるわけです。すると、ほとんど最初からアメリカは、ああいうふうにすることを要求して、しかもそれをデータに残したようにも見えるんです。だけど実際はどうなんでしょう。

鶴見　戦略爆撃調査団というのはおもに、空から戦争中も撮っているんですよね。戦争中にほとんど日本では工業能力がなくなってることが、確実に参謀本部はわかっていたんです。その継続としてやったわけでしょう。だから、すでに上空から撮るものについては、数カ月にわたって撮り終わっていた。それを裏づける、地上からの資料が欲しかったということでしょう。だから、そういうサジェスチョンはわりあい早くから与えられたんじゃないかな。

粉川　ああ、やっぱり出てたんですかねえ。

鶴見　それから、電信柱が残るのね。上からの圧力に対して電信柱がつよいんですね。電信柱が残る町と言うのは、一種のレントゲンで見た都市っていう感じがありますね。すごいなーという感じがある。

長崎に入ってくると、もっとヒューマンなものが出てきてる感じがしませんか。浦上天主堂というのは見てパッとわかるし、あの聖者のイコンがひきつった顔してますね。だから、日本の歴史を知っていると、これが、ザビエル以来のカトリック教徒が結集したところだというのがわかるし、ひきつった聖像というのは、これはもう一つの殉教という感じがありますね。人類のいけにえという感じがひじょうにつよく出てきて、あのあたりでもはや科学的な映画を越えています。

粉川　そうなんです。長崎篇と広島篇の違いなんですけれども、やっぱりこの編集主体はアメリカだなという感じがしたのは、浦上天主堂を撮ったときに、キリストの像を撮りますでしょ。おっしゃったように、その撮影側の怒りというかああいう状況に対する反発が出てるんですね。なぜそうでるかというと、それは、キリスト教と関係のある場所だからでしょうね。それは、西洋人の目だと思うんです。

広島の場合には、そういう箇所がいろいろあったはずなんだけれども、そういう撮りかたはしていない、あるいはそういう編集のしかたはしないんです。ですから、やっぱりあれは、アメリカの映画なんだろうなという気がするんです。

それが、ひじょうに錯綜していてよくわからないんです。実際に、十九巻のフィルムがラッシュではどういう状態にあったのかはわからない。ぼくらが見たのはあくまでも編集されたものです。それ以外に捨てられたものが厖大にあると思うんです。そういう意味で、あれは日本映画社がつくったというけれども、やっぱりアメリカ映画なんだなという気がしますね。

鶴見　全体として見ると、アメリカ人のつくったものですね。一九四五年八月からその年末までと考えると、そのとき、アメリカ人が「傷から考える」という方法をもっていなかったと

上：原爆投下直後の市街　下：橋の欄干の影──右は太陽の影、左は原爆による影（映画「広島・長崎における原子爆弾の効果」より）

いう気がするんですよ。

傷から考えるという方法は、アメリカ人にとって不可能ということはないんです。たとえば南北戦争というのはたいへんな傷なんです。ロバート・ペン・ウォーレンの『南北戦争の遺産』（The Legacy of the Civil War）を読むと南北戦争からプラグマティズムが生まれたことがわかる。それまでは、清教徒的なジョナサン・エドワーズみたいな、キリスト教による怒りみたいのがあるでしょ。それに対して南部の法律的教条主義があった。それでは、もうやりきれなくなった。とにかくどこかで妥協ができるところ、いっしょにやれるところを見つけるようになった。それがプラグマティズムの起源だっていう考えかたでね。確かに歴史家としての卓見ですね。ウォーレンは小説家としても詩人としても知られているけど、歴史家としてもびっくりするようなものすごい力をもっているんですね。

ウイリアム・ジェイムズとヘンリー・ジェイムズは病気のために出征できなくて、その後兄弟二人が戦争へ行って負傷して、一生廃人になってるんです。オリヴァー・ウェンデル・ホウムズは前線に出て三度負傷した。そういう傷があって、それが作用して、それまでの人権をわざとギューーッと押しつけるんじゃなくて、できることをやろうという考えかた——。だから、プラグマティズムそのものが、傷口の所産ですね。

その後ね、大学入ったばかりで出征した連中は第一次世界大戦ではものすごい傷を負っている。E・E・カミングズですとかフォークナーとか、ドス・パソス、ヘミングウェイ、みんなそこから出てるんです。

で、その次の傷というのは一九二九年の恐慌です。もってた金が全部紙になっちゃうわけですからね、ものすごい傷なんですよ。これはね、高層ビルから家を失った人間が身を投げたりなんかして、どんどこどんどこ自殺者が出るくらいですからね。で、その傷から考えていくやりかたは、やっぱり数年間働きつづけるんです。

やがて、それが日本人にひじょうに大きな影響を与えるんですよ。というのは、そこで勉強した人間が、占領軍として日本にくるんですから。だから、日本の憲法も何も全部そこから生まれているんです。つまり、ニューディールのなかで生まれ育って、大学院に行って弁護士になったような人間が、そのときの伍長軍曹という連中なんです。その占領軍で働いていて、軍国主義日本の指導者の追放を決めたりした連中は、一九二九年の恐慌の傷口のなかから生まれた人たちなんですよね。だから、日本はたいへんな恩恵を受けてるわけ。

だけどもこの映画は違うんだ。この映画は、傷から考えようってことがぜんぜんない。傷を映していても。だから、終わりのメッセージの朗々たる明るさ、人権を唱えているあの抽象的な明るさ。あれは人間の傷と無縁なんです。つまり、日本人の被爆者の傷を考えてないだけじゃなくて、原爆を落とした自分たちの傷とも無関係なんです。

粉川　実際この十九巻のフィルムで民衆の生活が見えるのは、エピローグの部分だけなんですね。そこで初めて、復興中の街が出てきたり、にぎり飯を食べている人のアップが出てきたりするわけです。そして最後に、「今回初めて戦争のために使われた原子力が、いつの日か、平和目的のために、人類の幸福達成のために使われることを祈念し、信じ、希望する」というナレーションが入って、突如ふつうの映画のスタイルになって終わるわけです。

鶴見　So it is hoped, so it is believed. その語り口は、傷と何にも関係もない。傷をもった人間の話じゃないよ、あれは。だから、イヤーッていう感じあるね。ウーン、やっぱりそれが最大の印象だね。結局、その目が全体を編集しているね。だから、最後のナレーションが、わたしにはもうたいへん鮮やかな感じだった。

加害国と被爆国の意識がつながる

粉川　終戦直後の時点でああいう調査をして、映画をつくったということは、たんにカメラマンが自分の意志で状況のなかに入って冒険をして撮りあげたということではなく、もっと組織的映画づくりがなされているということですね。そして、組織の力が働いているために、惨状を世界に訴えるドキュメントという性格よりも、被爆国がつくったにもかかわらず、どこかで加害国の意図につながっていくような部分がどうしても出てきてしまうんじゃないでしょうか。

鶴見　それに、この現場のカメラマンの力というのは、フィルムが向こうに没収されそうになったとき、自分の自発的な意志で隠したというほうがすごいと思うね。懲役十年は覚悟していたんですって。沖縄送りになったら何されるかわからないんだから、そこはすごいと思うね。

いまも隠したことの意味がひじょうに大きいと思うんですよ。というのは、映画は一九六八年に文部省に返されるんだけれども、人間の被害の部分を隠して公開した。

だから、原爆というのを落とされると、落とした国と落とされた国両方がいっしょになって隠す部分があるわけ。黙ってるところがあるんですよ。そこのところがおもしろいと思うね。だから、落とした国と落とされる国というのは対立するんじゃなくて、両方がいっしょになって共謀して隠す部分が出てくるんだ。

戦勝国と戦敗国、二つの国が隠そうとした部分を、カメラマンがまったく個人の意志で、自分が十年の刑を受けることを覚悟して、隠すことによって証言者となる意味が生まれた。その構図が、たいへん重大な気がしますね。

粉川　両方が隠しあう部分を、結局、戦争というものはくりかえしくりかえしつくっていく。そういうものに対して、抵抗できるのはやっぱり個人の力だという気がしますね。これはもう湾岸戦争までつながっているロジックですね。
隠したフィルムといま、十九巻こういうかたちで見られるものと、どこが重なっているのかよくわからないんですよね。ラッシュフィルムを隠したっていうでしょ。それが、その十九巻のうちのどこに当たるかというのは、知りたいんだけれども、よくわからないですね。

いずれにしても、解剖しているところとか、人体に対する原子爆弾の効果の部分を見せないようにしたわけでしょ。

福嶋　文部省はこの映画のタイトルを「効果」とは呼んでいないんです。「広島・長崎における原子爆弾の影響」というタイトルでテレビ放映し、いまも「影響」と呼んでいるんです。やはり、「効果」とは呼びたくない心理的なメカニズムが、返還された当初から一貫してあるようです。

鶴見　ポツダム宣言の訳のときにも、戦争犯罪者というのをめぐってあったんですよ。沖縄返還のときの密約もそういうふうに意識的に訳し替えたんです。中野好夫が暴いて論文書いたでしょ。だけど、いまだにくりかえしやるというのは、ウーン、ツライ。日本の国際化の「鋳型」なんですよ、これが（笑）。

原爆の「効果」というと、日本人が見てなんとなく自分たちがモルモットにされてるという連想がくるのでいやなんですよ。文部省はそれを隠したいわけ。だからね、アメリカではなく、文部省がそれを隠したいというその心の気働きがおもしろいんですよ。それが日本の国際人なんだ。「ウーン」っていう感じだね（笑）。

粉川　アメリカは、そのへんはぜんぜん違うわけなんですよ。アメリカは最初から「効果」といって、人間を人間として見ないことをはっきりタイトルで言ってるわけです。あくまでも資料である、というタイトルのつけかたですよね。それはいま、日本の発想だったらおもてにはぜったい出せないですね。

それが日本に返ってきたとき、これをつくったのは日本人であるから、したがって「効果」というタイトルになっているのが好ましくないという発想になっちゃうわけです。

だけど、ぼくが疑っているのは、確かに最初の意図は赤十字を通じて世界に惨状を訴えるドキュメントをつくろうということであったかもしれないけれど、先ほど鶴見先生がおっしゃったように、撮影がはじまった時点で、完全にアメリカのサジェスチョンが入っていたんじゃないかと思いますね。

そういう意味では、日本で文部省の原子爆弾災害調査特別委員会よりもアメリカ戦略爆撃調査団のほうが歴史的にはちょっとあとということになっているけれども、アメリカの意図も入っていたというふうに考えていいんでしょうか？

鶴見　直接の折衝というのは敗戦後、ひじょうにむずかしかった。つまり、歌舞伎のダンマリみたいなもので、闇のなかの探りあいばかりで、忖度《そんたく》するけれども直接聞けない。藪蛇になるのがこわいから。

とにかく敗戦のときは、各省の日本人で英語の読み書き、喋り、聞く能力をもってる人の絶対量が不足していた。だから、ものすごく困ったわけ。だいたい、軍票を使われちゃたいへんだっていうんで、外務大臣そのものを横浜のニュー・グランドホテルに送りこむような状態ですからね。人をやって聞いたりなんかできなくて、いちばん上の人を送るしかなかった。

そういう状態だから、文部省といったって、文部大臣がそういう折衝できるわけじゃないし、何らかのやりかたで向こうの意図はこうらしいというふうに決めてたわけですね。

だから、日本で勝手に忖度したんでしょうね。だれか向こうのアメリカ人が言ったことが入ってるって感じしますね。

粉川　忖度していって、重なってしまう部分があるんですね。

鶴見　これは、映画が歴史の第一次資料になるたいへん重大な場合なので、その第一次資料がいったいどういうラッシュから組み立てられたかというのは、いま生き残っている人たちがいるんだから、ぜひ、確定していってほしいですね。

文書の資料だって、改竄《かいざん》の痕があるとか何とかいろいろ言うわけでね。南京虐殺とか、大震災のときの朝鮮人虐殺とかいうのは、そのときの責任者の日記や何かからいろいろ出てくるけれども、映画に対しても、そういう資料批判がされなければいけない。これは、たいへん重大なケースじゃないでしょうか。

粉川　そうですね。ところで、これは、依然として日本政府は出したくないと思っているんでしょうね。

福嶋　文部省に十六ミリの縮尺全長版がありますので、貸してほしいとお願いしたんです。そうしたら、内規によって医学研究目的以外には貸し出さないというんです。わたしどもの映画祭(山形国際ドキュメンタリー映画祭)は不特定多数を相手にするケースでの上映ですから、貸し

原爆の影──屋根、竹製のはしご、鉄の螺旋階段
(映画「広島・長崎における原子爆弾の効果」より)

出さないということだったんです。

粉川　アメリカがつくったにしても、だれに見せるためにつくったかがひじょうに不明確ですね。もちろん、データとして残すということは考えられるわけだけれども。

エピローグをつけてるでしょ。あそこには、明かに多くの人に見せる意図がありますよね。だけど、全体として、いったいだれに見せたいのか。確かに爆心地がどこで、原爆が爆発した高さがわかってしまうということで、ある時代ずっと隠したという理由はわかるんだけれども。それはあくまでもデータとしての意味ですよね。

だけど、あのエピローグがついている以上、一般の人たちに見せるという意図があって、あの部分は日本映画社の意図なのかなとも感じるんですよね。そこはひじょうにわからない部分なんです。あくまでナレーションは後から入れてるんでしょ。

鶴見　あのナレーションは、当時マクガバン中尉がナレーションや何か全部責任もってやったんじゃないですか。あのころの中尉というのは、かなりの権限もっていたんですよ。占領時代ですから。追放なんて、実際、伍長軍曹が自分の裁量でやったんですからね。マッカーサーなんて何も知らなかったでしょ。日本語も何もわからないんだから。

粉川　確かに、図形を描いて、点線がずーっとのびていくような場面のナレーションは、最初からシナリオをつくっておかなければできなかったと思うんですね。

ただ、ぼくがひじょうにこだわるのは最後のシーンですよ。さきほど先生がおっしゃったナレーションが出てくるあのエピローグね。

鶴見　その部分。作物が出はじめて、人間が帰ってきて、子どもがわりあい愉快そうな顔をしていて、通行人が出てきますね。そして、「原子力が平和目的のために使われる。So it is hoped, so it is believed」って終わるんだけれども、これはやっぱり、中尉がまかされていて善意でつくったものじゃないかな。

だけど、全体として見ると、これをつくる動機というか、視点はいくつにも割れてますね。だから、最後は社会道徳性的なものでしょ。これで一貫して編集したと思うんだけれども。もう一つは、爆心地と爆発の高さの確定ですよね。これは、原爆を使う戦略上の目的でしょ。これは社会道徳とは違うんだ。

それから、日本人がこれをつくろうじゃないかと言ったときは、仁科（芳雄）さんなんか入ってるんだから、まったくの科学上の記録としてこれをつくろうとした。そして、やがては赤十字に訴えようという気持ちが働いていったんでしょうね。

だから、少なくとも、三つほどのもののコンフリクティングなかたちで映画はつくられている。こういうふうにして映画がつくられるって、珍しいんじゃないでしょうか。ふつうは商業会社が大資本を投入するから、意志の統一があるでしょ。これは、意志の統一のない、「多中心」の映画ですよ（笑）。

映画を一つの記号とすると、つくられた状況そのものがもう一つの記号になって伝えるという映画ですね。つくられた状況が何となく見えてくるでしょ。視点が揺れてて、多中心で……。あのころ、占領の初期で、アメリカ軍の占領が日本人のすみずみまで押えてなかったんですね。だから、一つの統一された意志じゃなくて、バラバラの視点が動いているんじゃないでしょうか。

現代の国家的メカニズム映像

鶴見　音楽はいったいどういう音楽なんでしょうかね？

粉川　不思議な音楽ですね。最初にシュトラウスの「ツァラトゥストラかく語りき」を使っていますね。

ノーネス　アメリカ人としてこの映画を見ると、選曲は日本人のチョイスだと思います。なぜならば、原爆の惨状場面にキリストの慈愛を表現する音楽を使っています。これはたいへんミスマッチですから、基本的に日本映画だと思うんです。

コンセプトは日本人のアイデアだと思います。日本のドキュメンタリーとアメリカのドキュメンタリーをくらべると、日本のドキュメンタリーはくわしく情報を伝えようとする傾向があります。たとえば「爆風と断片」という日本のドキュメンタリー映画は、爆発の被害の詳しいデータを教えるんです。ドアや障子やグラス、兎や犬に対する影響をくわしすぎるくらい見せます、この原爆映画のように。アメリカのドキュメンタリーは、そういうディテールは見せない。ドラマ性のほうをたいせつにします。だから、この映画のコンセプトは日本的だと思うんです。

鶴見　音楽の選択は日本人がしたと思いますか。

ノーネス　と、思います。

粉川　その点はおもしろいな。最初に言ったように、警察の鑑識写真的な感じがすると思ったのね。そういう技術的蓄積というのは日本はかなりありますよね。だからそういう意識でつくっていって、あとからアメリカの意図が加わって、うまく重なってでき上がった映画なのかなという気がしたんですね。

そういえば、ダグラス・ラミスさんが、日本は戦後のテクノロジーの復興を原爆から学んだと言うんですよね。日本が、原子爆弾を落とされたことによって、テクノロジーに対する過剰な信仰を抱きはじめたと彼は言うんです。日本人が戦後、テクノロジーに対して過剰な期待と信頼をもってしまった方向性は、アメリカ人が原爆を落としたことによって決められたんだと言うんですね。ぼくは一理あると思うんです。

それで、映画の最初のシーンのところ、リヒャルト・シュトラウスの「ツァラトゥストラかく語りき」が流れますけど、これはニーチェであり、新しい人間の誕生であるわけですよね。あれはその後、「2001年宇宙の旅」でも使われる。例の「ビーイング・ゼア」（邦題「チャンス」）でも使われている。

鶴見　ええっ、「ビーイング・ゼア」で使ったんですか。

粉川　チャンスがいままで出たことのない家から出ていくときの音楽はこれなんですよ。

鶴見　そうか、おもしろいなあ……。

粉川　何か新しい世界に対する期待感を出すとき、必ず使うんですね。

鶴見　ヒトラーが亡くなったときに、ドイツでワーグナーの「神々の黄昏」を流したんですよね。それが頭に入ってるんじゃないかな。だから、これは、ワーグナーじゃなくてシュトラウスのニーチェにしたんだね。

福嶋　日本軍のハワイ真珠湾攻撃の成功を伝える「大東亜ニュース」で、母艦から戦闘機が飛び出すシーンにやはり「ツァラトゥストラかく語りき」が使われているんです。

粉川　何か新しいものへの期待感と世界の変革ということが重なるとき、アメリカでも使うし、日本でも使う。そういう共通性があるんですよね。一種の「力への意志」なんですね。

鶴見　しかし、だれの力？　「ツァラトゥストラ」って自分の行使する力への賛歌なんだからね。日本人が撮ったとすれば、打ちひしがれている側だから不思議なんだ、チグハグなんだよ（笑）。

粉川　だから、原子爆弾を落とされたけれども、そこにひじょうにマゾヒスティックなものがあってね……。

鶴見　それじゃもう「家畜人ヤプー」じゃない（笑）。あーやられた、やられたって思っている人間が能みたいに無表情で、音楽が「ツァラトゥストラ」で、強靭で力があるけど……不思議だねぇ。

粉川　ラミスさんが言っているのは、原子爆弾が日本に落とされたけれど、それが即反米感情につながっていかなかったんじゃないかということでもあるんです。落とされたことによって、何かテクノロジーに対する期待感というのをもってしまった。

鶴見　日本の科学者たちは、科学的思考が政府によって生かされていないという苦い思いを毎日味わされていたから、要するに反米感情というのはあまりもっていなかった。だから、あるとしたら、それはカメラマンでしょうね。

粉川　それと、あれだけの廃墟になってしまうと、だれがやったんだかわからないということもありますね。

鶴見　あそこにあらわれてくる人たち、映されている患者も、それから一生懸命測定したりしている日本人科学者も、まるでみな能面のように無表情なんですね。ああいう危機的状態に陥ると、日本人はどこか能がかってくる。それは、葬式が一種の能がかりになってくるあの感じだね。

粉川　とくに子どもたちがもうほとんど無表情なんですね。それは、確かにものすごいショックを受けて、たぶん耳も聞こえなくなってしまっているし、感覚もかなり麻痺してしまっている。その放心状態のなかだから、ああいうひじょうに無表情な感じになるのかもしれない。けれども、と同時に、かなりつよい力であああいう撮影をしているからであることも確かだと思うんです。

つまり、ふつうの場合だったら、患者の撮影なんかできる状態ではないわけです。ところが、カメラに向かって顔を動かして傷を見せさせられたりしてるわけです。それは撮影のためにライトを当ててやるわけですから、患者の側にとってはたいへんな苦痛であるし、つらいことだと思うんです。それをやらせたということは、これは一つの大きな力であり、暴力であるとも言えるわけですよね。ぼくは、どうしてもそういうことを感じてしまったんです。

そういう意味で、そこに撮られたとくに子どもたちの表情というのは、やっぱり何か無言の抵抗、撮影されていることに対する無言の抵抗が出ているような気がするんです。自分たちが、想像もしなかったような事態のなかに投げ込まれたことに対する驚きと恐怖と反発とが出ていると同時に、その延長線上で、こんどはそれを撮影されているということに対する反発。さらには、何かもう諦めですよね。自分たちの陥った状況に対する、もう極度の諦めというのがひじょうにひしひしと伝わってくる映像だったと思うんです。

鶴見　ところで、昭和天皇が重体だったときに、長いあいだ自粛がつづいたでしょ。あのとき、テレビはいつも宮城を撮っていましたね。テレビの性能がよくなっているから、深いところで見ると、うしろのほうでくたびれたものだからピョンピョン跳び上がっている人がいるんだね。これはもう能じゃないね。四十五年たって、天皇が亡くなるというときに、もう能がかりじゃなくなった人たちがいるんだなと思ったね。明治天皇が亡くなったときは能がかりだったでしょう。それから、玉音放送のときに玉砂利に坐った人たち、そのときも能だったと思う。

粉川　そうですね。今回の重体報道があったときに皇居に行ったんですが、バスで地方からいろんな人が動員されてきているんです。もう、大半、観光気分でにこやかな顔して下りてくるんですよね。これはぜったい自決者なんかでないなと思いましたね。

鶴見　やはり、四十五年で変わったんですね。話をもどすと、音楽は日本にあったクラシック音楽かな。それをいくつも使ってるでしょ。

粉川　使ってますね。ベートーヴェンなんかも使ってますね。

ノーネス　いま、アメリカ政府はＮＦＬ（ナショナル・フットボール・リーグ）映画部を使って湾岸戦争の公式ビデオテープをつくっているんですが、最初に「ツァラトゥストラ」を使うかな（笑）。

粉川　つまり、最初にあの音楽を使ってしまったことで、当初の赤十字に訴えるというのが吹きとんじゃった。

鶴見　ドキュメンタリーというのは、どういう音楽を使うかで見る側の態度を決めてしまうからたいへん重要な要素じゃないかな。

粉川　子どもが薬をつけられて泣いているシーンとかは、いくつかの他の映画で使われてますね。あの映像というのは、むしろビデオ時代なんだから、音をすり替えることもできるわけだし、いろんなかたちでこれからも使えるでしょうね。そういう一種の応用可能性っていうのは、すごくもっていると思うんですね。だから、そういう意味でも「映画」を超えている部分ってありますね。

鶴見　ソビエト・ロシアはチェルノブイリについて、このようなものをつくっているだろうか？

粉川　とうぜん、詳細なものを撮っているでしょう。でもそれは、ふつう出さないでしょうね。

鶴見　そういうものを比較研究する場というのは、まだ世界にはないわけですね。

粉川　こういうケースというのはひじょうにめずらしいんじゃないんですか。

鶴見　国家が隠し合いをしているものを、とにかく見られるというたいへん重大な一つの例ですよね。

粉川　そう思いますね。この映画がこの二十数年間、気になる映画としてずっと話題になってきたというのは、撮影をした人たち、それから最初にこの映画を企画した人たちが、国家の内部の人たちじゃなかったからだと思うんです。

これが湾岸戦争になってくると、もう完全に国家だけでつくってるわけです。もちろん、ベトナム戦争においても、朝鮮戦争においても、第二次世界大戦においても、アメリカは専門の撮影グループを組織して独自の方法と手段で記録を撮ってますね。しかし、どこかで何か民間に頼らなければならない部分があった。

それが、湾岸戦争になってくると、もう民間には一切頼る必要がない。個人にも頼る必要がない。むしろ、メカニズムがやってしまう。ロケットミサイルのなかに、ビデオカメラをしこんで、それで撮ってしまう。すると、もう編集者の意図とかなんとかを越えて記録されてしまう状況が出てきてますよね。

まさに、「広島・長崎における原子爆弾の効果」という映画のなかで採られたひじょうに機械的な人間の撮りかたが純化されたかたちで、いまの戦争のデータがつくられているんだということですね。

それは、まったくと言っていいくらい、われわれの目には触れない。触れないところでそういうものが使われ、分析されている。たとえばスパイ衛星から撮る映像というのは、そういうかたちでどこかに蓄積されている。そして、それを見て現状を分析し、その効果を算定している人たちがいるわけです。それはすごくおそろしいことだし、そういう意味では「広島・長崎における原子爆弾の効果」のある種のすごさというのは、もう過去のものなのかなという気もするんですけどね。いまは、もっと冷酷になっている気がします。

鶴見　しかし、これだけ国際的なさまざまな意味をもっている映像の一級資料というのは画期的なものじゃないですかね。初めからコンフリクティングなやりかた、アプローチでやってるのがいっしょになったものだから、不思議な映画ですね。珍しい映画だと思う。もう、朝鮮戦争のときだって、意志の統一がおこなわれていて、こういう映画は撮れなかったと思うね。占領軍そのものが、意志統一できてない状況なんですよ。

粉川　いっとう最後のシーンって、The day may come ではじまるでしょ。may というのは、かなり曖昧ですよね。原子力が戦争目的で使われたけれども、それが will be utilized for the end of peace and happiness of all mankind っていうんですよね。そのとき、最初聞き違えて the end of peace のエンドを「終わり」、つまり「平和の終わり」と言っているのかと思ってね。エンドは「目的」という意味なんですね。

鶴見　でも、それは正しい。正しい解釈（笑）。その台詞もまた、混合的に入っちゃってるんだ。初めの、For several days no information was available、これは原爆投下された日本人側ですよ。で、終わりは So it is hoped, so it is believed で、これはアメリカ人のわりあい陽気な、傷口に悩んでない感覚でね。だから、その意味じゃちょっと不思議な映画なんだ。初めと終わりが違うんだ。

粉川　最後はもう日本のものでも、アメリカだけのものでもなくなっているところがおもしろいですよね。さきほど鶴見先生がおっしゃったこの映画の「多中心」的部分というのは、ちょっと引っぱると今回の湾岸戦争にもあって、一種の戦争マシンとして果たしたCNNの機能というのは大きいと思うんです。

CNNという民間のテレビが事実上、ペンタゴンの御用メディア、ということはつまり世界的な御用メディアになっちゃったわけですよね。

現地であの取材、報道をしていた人たちというのは、それぞれに思いがあったでしょう。ペンタゴンどおりにやろうと思っていた人もいれば、惨状をリアルに伝えたいという人たちもいたわけですね。そういうものが、まさに多中心的にCNNが流した映像のなかにはあるんです。でも、それはなかなか見えにくい。と同時に、この原爆映画の科学的に撮影された映像とまさにパラレルな関係をもっているようなミサイルが撮った映像とか、そういうものがいっしょに入ってきたり、ペンタゴンが提供した映像が入ってきたりしている。

そういう意味では、あの湾岸戦争のCNNの報道映像は、われわれが今回の原爆映画を通じて見た映像と似てるところがあるんですよ。ただ、湾岸戦争の場合には、ペンタゴンが撮った軍事機密映像は、ほとんど出していないわけです。それはたぶん、何十年間かたたなければ出てこない。

だけど、この原爆映画のなかではかなりのていど出ている。つまり、この映画は戦争をトータルに撮ってるわけです。兵にノウハウを教えるマニュアルとしても撮ってるし、民間人が個人的な意識で戦争に対する怒りを込めて撮ってる部分もある。それから、アメリカのある種の平均的な民主主義の視点でナレーションを入れてる部分もあったりと、いろんな要素が入っているわけです。それは、あの戦争の一つの全体像なんだと思います。

鶴見　そして、この映画には一九四五年八月、九月、十月という統一されていない初期占領の状態、日本人の気分、そこに入ってきたアメリカ人の気分というものが出ている。これはある意味で、散漫であるゆえにたいへんにおもしろいドキュメントなんですね。その時代にわれわれが帰っていく通路になっているような気がする。

（一九九一年）

Photo: © Daniel A. McGovern collection

Ⅲ 敗戦

八月十五日に君は何をしていたか

羽仁五郎

伏せ字のない本を

鶴見　羽仁さんはひじょうに原則的なかたなので、戦前・戦中の本と今年発行された本とが一つのまとまりのある仕事に思えます。わたしが初めて、羽仁さんのものを読んだのは戦争中なんですが、河合栄治郎の『学生と歴史』のなかに書かれた論文、あれは戦争中にわたしは海軍から帰ってきてから読んでとても感心したんです。ほかに『倫理学講座』の「幕末における倫理思想」ですね。それから『白石・諭吉』(岩波書店)、雑誌に書かれた「マキャベリ」がありましたね。もう一つイギリスについての文章があった。

羽仁　「随筆・イギリス」というのだろ。文藝春秋の池島信平君がまだかけだしのころだった。日本がシンガポールを侵略したときかな、やってきて、日本を侵略主義と言うけれども、百年前にはイギリスは同じことをやっていたではないか、だから、阿片《アヘン》戦争のことを書いてくれと言うんだよ。それでぼくが、君は学校は？　と言うと、東大の史学だというんだ。日本史か、ときくと、西洋史だ、という。それなら、君が、日本だけが侵略主義ではなくイギリスも侵略主義だったなどというような原稿をぼくに頼むのはおかしいじゃないかと言って、ちょうどそのときヨーロッパではナチスがパリを侵略したときだよ、これをどう思うかってきいたが、黙っていたから、ぼくは、いまヒトラーがヨーロッパを侵略しているが、そのヨーロッパに必ずこれに対する抵抗が起こるし（必ずしも、その後のヨーロッパ各国のレジスタンスをはっきり予想したわけではなかったけれど）、その抵抗の結果、ナチスは必ず壊滅すると言ったのだ。

これは余談だが、そのころ三木清は、ヒトラーは必ず自殺すると予言していた。当時ユダヤ人のあいだには、ヒトラーは大きな祝祭に死ぬという予言があった。もちろん笑い話で、ヒトラーが死ねばその日にユダヤ人が大きな祝祭をするということだ（笑）。

ぼくは池島君に向かって、いま侵略をつづけているナチスは必ず壊滅する。そういう滅亡寸前のナチスと、いま日本が手を組んで日独伊三国防共協定などを結んでいくことは、日本もいっしょに滅びてしまうことになるのだというようなことを言ったらしい。敗戦後に、池島君は『ある雑誌記者の手記』という本を書いて、そのなかに、そのときぼくが一人で興奮してまくしたてたように書いている。

それでぼくは『文藝春秋』の原稿はことわって、『思想』に「随筆・イギリス」を書いたのだ。そこにぼくは阿片戦争に反対したグラッドストーンの議会演説を引いて、イギリスはいま香港の埠頭にユニオンジャックをひるがえしているが、こんな恥べき戦争に国旗をかかげるならば、将来ながく英国民は国旗を見るたびに恐怖と戦慄と汚辱とに震え、二度と見たくないということになるだろうと言ったグラッドストーンの演説を引用したのだ。

鶴見　わたしは戦争中、妹のかよっていた女学校の図書館から借りてもらって、そこで手に入る羽仁さんのものは読んでずいぶん筆写したんですが、こんど『都市の論理』（勁草書房）を読んでいると、戦後発行の『都市』（岩波新書）は、もとは戦前の岩波の『倫理学講座』のために書かれたものですね。この『都市の論理』の構想もひじょうに早くからあったんですね。

羽仁　戦争直前に、岩波で三木清などが『倫理学講座』を計画し、田辺元《たなべはじめ》、和辻哲郎《わつじてつろう》、天野貞祐《あまのていゆう》などを編集者として、ぼくに「幕末における倫理思想」という論文と「都市」という論文を担当させた。あの『倫理学講座』のなかに都市という項目をつくったのはだれだったのか。和辻かもしれない。都市をモラルとしたていどにしても、都市を問題にしていたところがぼくの気にいった。もちろん、ぼくは都市の倫理ではない、都市の論理を考えていた。ぼくがもっとも早く都市を問題にしたのは、一九三〇年の少し前に、小田内通敏《おだうちみちとし》の雑誌『人文地理研究』にラッツェルの「大都市の地理的位置」を訳し、『新興科学の旗のもとに』にモスクワの都市計画について書いた。戦争直前の『倫理学講座』のぼくの「都市」は、そのあいだに形勢がとてもわるくなってきて、予定では、東京市長として後藤新平が招いたビアドの東京市政論、それからビアドの寄付でできた東京市政会館（いまみんなは日比谷公会堂としてしか認識していないが）および東京市政調査会などについて書き、この論文の結論には、日本軍による中国都市の破壊、そしてついに日本の都市自身の破壊、これを書くつもりだった。そんなものを書いたって、とても発表できないとは思ったが、その材料は集めていた。だから、いつかはぼくの都市の結論、日本の現在の都市の問題について書きたいと思っていたんだよ。

そこへ、「精神神経学会」（シーボルトの関係か、日本のもっとも古い伝統をもつ学会だ）がぼくに特別講演をしてくれと言ってきた。何かのまちがいじゃないか、ぼく自身精神障害の気があるかもしれないが、専門家に話をするような研究はしていないと言ったら、精神障害の患者は、最近はもう心理学的療法ではなく、化学療法というか薬でなおるんだが、家へ帰すとまたぶり返してしまうというのだ。どうも現代の日本には、彼らを受け入れるところがないらしい。外国ではコンミュニティというようなものがあるが、日本におけるコンミュニティの問題について話をしてくれ、というのだ。そこで、ぼくはコンミュニティなんていう変な概念を使っているからだめなんだ、それは都市自治体ということなんだという講演をした。この講演を計画したのは、いま東大の闘争の中心となっている医学部の精神神経科の岡田靖雄君やこのあいだまで杉並の組合病院の院長をしていた川上武君などで、彼らは武谷三男《たけたにみつお》の指導を受けて共同研究をつづけているらしい。そして、こんどはこの武谷三男が、彼を中心とするこの共同研究グループのために、都市問題について連続討論をしてほしいということになって、やりだしたら、これが一年半もつづいてしまった。武谷三男の陰謀に引っかかってえらいめにあった。

鶴見　「精神神経学会」の講演が二十五、六年前の戦中の考えかたの発展への触媒として働いたわけですね。

敗戦直前に、羽仁さんがもっておられた構想というのがあると思うんですが、わたしが戦前に最初に羽仁さんのものを読んだのは、河合栄治郎が編集していた学生双書のなかの『学生と歴史』に書かれた「歴史および歴史科学」ですが、学問のなかに何かエネルギーが動いている感じがして、それに感動したんですが、つまり裏に読めば、いま全力をあげてやらなければいけないのは天皇制の研究だということですね。

羽仁　君はそういうふうに読んだのだからえらいものだ。ぼくが書いたのは、ヨーロッパの歴史学がほんとの歴史学になったのは耶蘇《ヤソ》伝批判によってであるということだった。つまり、ヘーゲル左派のなかのフォイエルバッハに対応していたシュトラウスの耶蘇伝批判から、ヨーロッパの歴史学がほんとの史学になったんだ。こんなことを言っている学者は世界中ほかにいないが、ぼくはそう思うのだ。

西洋の学者は自分のことだから気がつかない。西洋以外の学者が気がつくはずだったのだが、そこまで研究しないものだから気がつかない。日本の東大などの西洋史がいかにだめかというのは、耶蘇伝研究なんかにぜんぜん関心がないのだ。大塚久雄などもバイブルぐらいは読むが、耶蘇伝研究などは考えもおよばないらしい。資本論にしても、バイブルをよく読まなければわからないところがあるんだ。キリスト教が観念論的弁証法の極限まで到達したからこそ、そこから唯物論的弁証法が発展したんだ。耶蘇伝研究の体験がなければ、ヨーロッパの現代の学問はわからないし、これを脱却することもできない。要するに、現代の世界の哲学は、サルトルにしても、そのほか、どちらを向いてもキリスト教とどう対決するかということなんだが……。

ぼくはほんとうにこれを重点として、そこに集中していたのだよ。ぼくはハイデルベルク時代にも日本に帰ってきてからも、愛する女性のキリスト教信仰と対決しなければならなかったのだな。日本では明治のリース以来、西洋史学をそうとうとり入れたようなことを言っているけれども、耶蘇伝研究にまったく無関心だということからだけでも、日本の西洋史学というものも底は浅いのだ。上原専禄《うえはらせんろく》君などにしてもそうだよ。彼は仏教の出身だが、仏教に対してもまったく歴史学的ではない。まったく無批判だな。仏教について、日本の哲学者で本格的な批判をすることができたのは、やっぱり三木清だよ。

三木の絶筆の「親鸞」を、多くの人は三木清がマルクス主義から転向して『構想力の論理』(岩波書店)を書き、最後に「親鸞」に行ったなどというふうに考え、久野収君などもそんなふうに考えているんじゃないかな。しかし、『構想力の論理』は断じて退歩じゃないな。先へすすもうとしてるんだよ。しかも、もっとも基本的な論理の点でね。アリストテレス以来論理学は一歩も前進してないというカントのことば、三木清はそこから出発して、論理学を一歩前進させなければ唯物史観にしても本格的に発展することはできないと考えたのだから、これは後退ではない。

しかも、三木清が最後に残した「親鸞」は、ぼくは日本の仏教批判の歴史の上にひじょうに注目すべきものだと思うが、三木清はそこに、親鸞は無常ということを否定しているということを発見しているのだ。無常観は断じて仏教ではない。亀井勝一郎などは仏教みたいなこと言うけれども、実はあれは仏教でもなんでもない。無常観にすぎない。何でも無常と言えば、それが仏教だと思っているのだから、本気で宗教のことを考えてはいないので、自分をごまかし、無常に逃避しているエスケイプ主義、脱落主義だ。

親鸞に無常観がないということは、親鸞が仏教のなかから出てきて、しかもほんとうの高いレベルの宗教に到達しようとしていたということなのだ。だから日本の仏教が無常観でウロチョロしているかぎり、レベルの高い宗教にはならない。無常観というのは要するに、一種の耽美主義で宗教ではないということを三木清は発見しているのだ。


鶴見　日本への回帰というとふつう無常観へのめざめですから、それはそれでとても重要なことなのですが、ふりだしにもどりたいのです。

戦争中といまとは、ある意味でとても似てると思うのです。

戦争中だって、軍国主義にまき込まれないように客観的な論文を書いていた学者がいたわけですが、その論文を読むと、その学問のなかにエネルギーがないようにわたしは感じていました。戦争と関係なく西洋の学問の型を消極的に守っている。

羽仁さんのものはそうじゃなくて、ひじょうにエネルギーが動いている感じがしてとても感動したんですが、いまも日本の学問の状況は似てきたと思うのです。学者の数はもっと増えてるけれども、エネルギーが働いてるというか、いまの状況をなんとか切り開いていこうという力の感じがないんです。だから、『都市の論理』というのはおそらく、いまの状況を切り開く意味で書かれたんだろうと思うけれども……。

わたしはまだうかがったこともないし、新聞もよく調べてないのでよくわからないのですが、羽仁さんの逮捕の状態というのはどうだったのですか。

羽仁　北京ですね、確か。ぼくが最初に捕まったのは昭和八年（一九三三）九月です。ぼくがそれまでいちばん深い指導を受けたのは、野呂栄太郎と柳瀬正夢《やなせまさむ》という画家だ。柳瀬君はコミンテルンの連絡の仕事をしていたらしいのだが、ぼくに向かって、君は学者なのだから、自由に君の研究に全力をあげてくれ、日本共産党の資金部など関係をもつなというふうに指導した。野呂栄太郎がやはりそういうふうにぼくを指導した。

野呂がぼくに言ったことでいちばん印象的なことがある。あのころは検閲のために進歩的な論文や著書や訳書は伏せ字が多くなっちゃって、知っているものにはわかるけれども、知らないものには何のことかわからなくなってしまった。新しく読む人たちにはぜんぜんわけがわからないのだ。それで野呂栄太郎が、ぼくに伏せ字のない本を書いてくれというのだ。あのころ、伏せ字のない本を書くのは容易なことじゃない。なにしろマルクスやエンゲルスを引用して論文や著書を書いてた時代だからね。それではだめだ、君ならやれるだろうからやれっていうんだよ。

それで、野呂栄太郎が獄死したあとで、かれの遺命に従ってぼくが書いたのが『ミケルアンヂェロ』で、あれは伏せ字がないんだ。二字だけイタリア語を使った。それは「フィレンツェは陸軍なくして国を守り、ヴェネチアは海軍なくして繁栄した」というところだ。ちょうどいまの自衛隊と同じさ。国を守るのにすぐ軍隊と言うやつは、ルネサンス以前の思想だよ。フィレンツェにしてもヴェネチアにしても軍隊などはもたないで、世界を指導したのだ。結局、絶対王制によって侵略されてしまったが、しかし、ぼくは、平和を守って滅びるということは、国民の最大の名誉だと思ってるんだ。

こないだもＴＢＳの吉永春子君にだまされて、「おはよう日本」の最後の「日本を考える」という討論に出たら、村松剛という若先生が、憲法は国民のためにあるので、国民が憲法のためにあるのじゃないなんて、ありゃなんていうか、ナンセンスというか、およそくだらないことを自民党の中曾根康弘などといっしょになって言うんだ。どっちがどっちのためかなどと、何のことかわけのわからないことを言って国民を混乱させて、結局、憲法という一枚の紙が残って国民が滅びるというようなことになったらどうするんだ、なんてことを言って国民を脅かすから、オレはそういう国民になりたいやって言ってやったんだ。

聖書にも書いてあるとおり、「われわれは年数において生きるのではなく、行為において生きるのだ」。日本民族が何千年生きたって、いまみたいに恥かしいことばかりやってるよりも、たとえ明日滅びるとしたって、あの憲法を守って滅びたということになれば、それこそ日本民族の永遠の光栄ではないか。オレはそういう国民の一人になりたい。日本国民がそれくらいの決意をもっていれば、現代の世界のどの国が日本を侵略して日本を滅ぼすことができるか。そういう決意こそがほんとうに国を守るものなのだ。佐藤栄作みたいに、国を守ると言えば軍備のことだといって、一台二十億円もするＦＸなんてあやしげなものをアメリカから売りつけられて、それで三菱重工業などの大企業をもうけさせて自民党の政治資金を稼いで、保育所の予算を削ったり、大学などに金を出さないで口ばかり出しているなどという遅れた観念は、ルネサンス以前だよ。

あれを書いたときは、実はスペインに合法的に成立した人民政府を、反動勢力がフランコなどの軍部を使って倒そうとしていたので、スペインにかけつけて行きたかったのだ。イギリスのラルフ・フォックスとか、ジョン・コーンフォードとか、ぼくらの友人の若い歴史家たちも、テニス靴をはいてスペインの山のなかで戦っていると聞いて、いてもたってもいられない。スペインに行きたいが、日本の政府の弾圧がひどくて、われわれは日本を出ることができない。それで、スペインに行ったつもりになって、あの『ミケルアンヂェロ』を書いたのだ。そういう気持ちはずいぶんいろんな人がわかってくれて読んでくれたんじゃないかな。あのころ満鉄で働いていた若い人たちの雑誌に、ぼくの『ミケルアンヂェロ』は野呂栄太郎とスペイン革命のことを書いたものだという感想が記されていた。

戦争に反対するとか軍国主義に反対するとかいうことは、積極的に平和憲法を守って滅びてもよいという決意がなくて、非武装中立などと言ってるのでは、国民が動かないのではないか。社会党はこの平和憲法を守って滅びてもよいのだと言えないのか。三分の一はとりたいなんてくだらないことを言っているから、三分の一もあやしくなるのだ。

鶴見　それで何月でしたかね。北京に……。

羽仁 ア、そうか（笑）。前に昭和八年にぼくが捕まったときのことだが、向こうはぼくが何をしているのか、証拠がつかめなかったのだね。当時の共産党の資金部をやっていたのは、いまは北海道にいる杉之原舜一などだったらしいが、ぼくに共産党の資金を出せと頼んで断られたと証言していた。すると、資金を断った以上は、もっと上のほうの仕事をしているに違いないとくるんだが、そんなことあるもんか（笑）。ぼくは臆病で共産党に金を出したりしなかったのだといくら言っても牢屋からぼくを出さないんだ。ちょうどその年の十二月にいまの皇太子が生まれたらしい。だからぼくの印象では、皇太子が生まれたこととそのときぼくは牢屋に入れられていたこととが切り離せない。

やっとその牢屋を出てきて、昭和十年に岩波講座の『日本歴史』に「明治維新」を書いた。この岩波の『日本歴史』の編集者黒板勝美は前に『国史の研究』という有名な本を書いていたが、このころ平泉 澄《ひらいずみきよし》が国史学ということを言っていた傾向に黒板勝美は疑問をもっていたらしく、丸山二郎やぼくの意見をきいて、この講座を『日本歴史』としたのだ。

それからぼくは『ミケルアンヂェロ』を書き、『白石・諭吉』を書き、岩波の倫理学の講座に「幕末の倫理思想」（いまぼくの『日本における近代思想の前提』に入っている）を書いたりしていたが、戦争がひどくなり、検事局あたりでまたぼくを検挙しようとしているらしかったので、昭和十九年（一九四四）の五月、北京に逃げたのだ。

そのころ日本の戦争は、そろそろ決定的な敗北を重ねていた。岩波茂雄のところに各方面から情報が集まっていたが、海軍などの情報によれば、すでに十八年二月、日本軍はガダルカナルから退却し、それから十九年六月、米軍はサイパンに上陸、七月サイパンの日本軍全滅、米軍は飛び石づたいに日本に迫り、日本の壊滅は時間の問題となっていた。

そこで、ぼくに中国に行かないかというような話になった。小林勇がぼくを呼びだして、そう言うので、ぼくも日本にいてもだめじゃないかと思っていたので、彼の意見に従い、当時、名取洋之助が中国でしていた文化事業の顧問のような形式で、中国にのがれることになった。

そのころ、学校や出版社などが軍用航空機などの、いわゆる献納を強制されていた。岩波茂雄は軍用機の献納などということはできないと言って、赤十字の病院用の航空機を寄付していたようだ。自由学園は北京でセツルメント事業を計画し「生活学校」という名の学校を開いて、日本の中国に対する長い戦争のために苦しんでいる子どもたちがすこしでも人間的に生活し教育を受ける機会をもつために、自由学園の卒業生たちが北京に行って、この「生活学校」の世話をしていた。この「生活学校」の資金関係の仕事のためにぼくが北京に行くということで、旅券をとった。

ぼくは岩波茂雄の紹介で牧野《まきの》伸顕《のぶあき》や幣原《しではら》喜重郎《きじゅうろう》などにも会って、北京に行った。その年の十二月に羽仁説子が東京からやってきて、ぼくの一高時代の一年下の親友で裁判官をしていた高根義三郎から、彼の同級生で同じくぼくの親友であった尾崎秀実《おざきほつみ》がその十一月七日に死刑になったこと、そして検察庁では近くぼくを逮捕することを準備しているということなどについて、情報や意見をぼくに伝えた。この高根義三郎の情報や意見を伝えてきた羽仁説子といろいろ考えた結果、ぼくはもう北京にはいないほうがよいということになって、上海に行った。

上海に行って、それからどうするか。日本の動き、世界の動き、それらの見とおしと、それらの動きの速さの時間の測定とが一致しないと動けない。十九年十二月に、上海から日本に帰っていった羽仁説子の乗った民間航空機が、上海を出るとすぐ中国空軍機に追われて不時着したりしていた。上海では二十年の初めのころには、上海の無防備都市の宣言の要求が高まっていた。日本の戦争はいよいよ行きづまってきていた。そこでぼくは二十年三月、上海を引きあげて、北京にもどってきた。その翌朝、北京でぼくを待っていた特高警察に捕まってしまった。

北京から東京に

鶴見 じゃあずいぶん長かったですね。いつですか、出られたのは。
羽仁 九月何日だったかな、戦争が終わって、牢屋を出て、家に帰って病床にいると、ラジオが日本社会党再建大会の開かれたことを伝え、その大会で三木清や羽仁五郎がまだ牢獄にいるから救い出せという決議がおこなわれたことなどを報道していた。そのときぼくはすでに家に帰っていたが、三木清はまだ獄中にいて、その後まもなく獄死したのだ。

鶴見　じゃあ北京警察からもう日本に。

羽仁　そう。三月に北京でとらえられ、北京の領事館警察の留置場に二週間ほど入れられて、それから二人の特高警察官に護送され、日本に帰ってきた。中国から朝鮮に入った国境のあたりは、窓から見るとずいぶん雪がふって積もっていたので、便所に行ったとき、これなら飛びおりてもけがはしないだろうと、何度も飛びおりようと思った。しかし戦火に焼かれた東京に帰って、警視庁の地下の牢屋に入れられた。

鶴見　警視庁の地下室なら、高倉テルなんかといっしょですか。

羽仁　そう。高倉テルが逃げて、三木清のところに行って、また捕まって入ってきて、拘置所へ送られたすぐあとにぼくが入れられたので、ぼくが入ると、同じ部屋にとらわれていた人たちからその話を聞いた。それが高倉だったということはそのときはわからなかった。そのとき山田勝次郎も捕まってこの警視庁の地下室に入れられていて、部屋は離れていたがわかった。

鶴見　いや、そういうことはちゃんと調べてやりなおさなければならないですね。天理本道とか大本教もあるし、公平にちゃんと調べて記録しないといけないと思いますね。

羽仁　そうだね。警視庁の留置場は地下の二階にあって、陽はささないし、風も来ない。便所の高いところに窓があって、そこから外が見えた。そこから議会の塔が見えた。議会が何の役にも立たないのかとつくづく思った。

鶴見　わたしは安保のときに、あまり自動車焼くのはいいことだと思わないけれども、その火で議会が照らされたときは、なんともいえずいい感じがするんだなあ、美学的に。

羽仁　その警視庁の地下の留置場で、その五月のある夜、一人の看守が鉄格子に近づいて低い声で、ぼくにドイツが降伏したこと、三木清が捕まって、その警視庁の地下のぼくの向かいの部屋に入れられていることを教えてくれた。それからしばらくして、ぼくは警視庁から玉川警察署の留置場に移された。そこに何教だったか宗教分派の女性がとらえられていた。とてもしっかりしていたね。えらいもんだ。人間は自分の考えたこと、独創的なことは、ずいぶんくだらない独創でも、死をもって守ることができるのだ。君がさっき言ったエネルギーがあるかないかということも、独創かそうでないかということなのだろう。

鶴見　新興宗教というのはえらいものですよね。つねに自分の流儀で普遍宗教というのをつかんだわけでしょ、それは重要ですよ。天理本道なんか戦後崩れちゃって、ずいぶんかわいそうだと思うんだけれども、やっぱりちゃんと記録していかなければいけませんね。確かに狂信的ではありますよ。医学に反対だとか変なこともやってるけれども、戦争中あれだけがんばったんですからねえ。進歩派じゃないからだれも書く人がいないんですよ。

初期の占領の評価ですけど、この『都市の論理』のなかにも、「敗戦後に天皇制を廃止するチャンスはあった」……わたしもそう思うのですが。

羽仁　いや、それよりもう一つ手前に、八月十五日におまえはどうしていたかということを聞いてくれないのは残念だ。八月十五日にどうしたかということは、そのときものごころついていた人間にとって決定的なことだ。

遠山茂樹がいつか『世界』に、八月十五日に自分は何をしていたのか覚えていないと書いていたので、ぼくは実に驚いた。

ぼくは、八月十五日に友だちがぼくの入れられていた牢屋の扉をあけて、ぼくを出してくれるんだと思って、一日待ってたよ。

鶴見 そうでしょうね。わたしはあけてとうぜんだと思いますね。わたしは、自分がそれができなかったという後悔はもう二十三年間、ずっと引きずっていますね。そういう人は日本にいま多いですよ。白鳥邦夫なんかはそういうことを書いていたけれども。

わたしは、いまだったら自分で組織しますけれども、その当時だったら、だれか案内役に立ってくれる人はいないかと思って、戦争末期は探していたわけですよ。だからわたしにとっては、『学生と歴史』の論文というのはひじょうな啓示だったのですよ。これはエネルギーがある人だから案内役をしてくれると思った。

羽仁 いや、その君でさえ、かけつけてきて鍵をはずしてくれなかったのだからな。それが、つまり八月十五日、戦後の日本国民の第一の最大な問題だとぼくは思うのだ。日本国民はそれをやらないでいて、共産党を前衛不在だとかなんとか、ふざけるのもいいかげんにしろとぼくは言うのだ。共産党はもちろん多くのまちがいをおかしているよ。しかし、まちがいは共産党ばかりに負わせるべきものじゃない。国民がしっかりしていたら共産党がまちがわなくてもすんだかもしれないのだ。共産党は国民から生まれるものだからね。

ぼくは、野呂栄太郎の理論を日本国民大衆が実行しさえしたならば、戦争をふせぐことができたと確信しているのだ。だから、学者とか理論家の責任はそこで終わるのだ。共産党の理論的指導というのは、一定のところで終わるのだ。無限に責任が負えるものじゃないよ。株式会社じゃないけど有限だよ。その先は国民、日本の労働者や農民、インテリゲンチアが実行するかどうかなんだ。コミンテルンのテーゼなどについても、このごろの連中はばかのひとつ覚えみたいにみんなわるく言うが、当時あんなりっぱなテーゼはほかにどこにあったか。あれを実行しなかったことが問題なんで、あれよりすぐれたテーゼなんて当時どこにもありゃしなかった。

だから、ぼくは、八月十五日になすべきことをしなかったことを、この次にはぜひやってくれと要求する。敗戦後まもなく、法政大学の講演会で、本多顕彰《ほんだあきら》が学生に向かって、みんな羽仁さんだとか三木清だとかを二階へあげておいて、はしごとっちゃったようなことをやったんだから、二度とそんなことをしちゃだめだよと言った。まったくそうだよ。人を二階にあげておいて、はしごをとってしまって、あの野郎いつまで二階にいやがるんだなんて、のんきなことを言っている。てめえたちはそれでどうなったか、自分たちがどうなったか自分でわからないのだから、せわはない。

だから八月十五日におれたちを牢屋から出さなかったということは、少なくともおれが教えた歴史学はだめだったんだなと思って、戦後、もう一度歴史学を変えなきゃだめだと悟ったのだよ。ぼくが昭和八年に捕まったときの結論は、いままでの歴史学ではだめだ、新しい歴史学を発見しなければならないということだった。だから、『日本資本主義発達史講座』などにぼくが書いた論文と、そのあとで、八年にぼくが捕まったあとで書いた「明治維新」とか『ミケルアンヂェロ』とか『白石・諭吉』とかはまったく違うのだ。

ぼくはこのことをこの『思想の科学』という雑誌を通じて訴えたい。八月十五日に自分は何をしていたかということだ。

西洋のことばにあるじゃないか、「光栄ある闘いが闘われていた、そのときおまえはそこにいなかった」。これは人生の最大の意義だ。光栄ある闘いが敗れたあとに、どこからか出てきて、ああだこうだと教えてくださってもナンセンスだ。光栄ある闘いが闘われていたら、必ず出てきたらいいじゃないか。人間はいっぺんしか生きない人生なんだから、おもしろいことがあったら出てきたらいいじゃないか。八月十五日くらいおもしろい日はちょっと来ないんだ。昭和二十年八月十五日、日本の敗戦の日に日本の革命の機会があったのだ。この機会をのがしたのだから、あとは次の機会をつかむしかない。

鶴見　いやあ、だからあのときわたしは出なかったから、その後出ずっぱりに出てますけどね（笑）。

羽仁　もうこのへんでいいじゃないか。

鶴見　いやもうちょっと、初期の……。

羽仁　いやもう結論は言ったよ（笑）。あれからあとはまだ歴史じゃないよ。あれまでが歴史だよ。

鶴見　いや、戦後史なのにいまやっと八月十五日になったばかりで（笑）。

羽仁　八月十五日が戦後のすべてであり、戦後のすべてがそこで決定されたんだ。あとは、次の八月十五日がいつ来るかだ。

（一九六八年）

焼け跡の記憶

開高健

戦後史と手仕事

鶴見　こないだユダヤ文化のことを書かれたのは、たいへんな力作でしたね。

開高　ユダヤ？　あっ、イスラエルのこと？

ちょっと待ってください。あれまだ見てないのですけど（笑）、恥かしくて。

鶴見　このなか（講座『哲学』）に、世界各国に散らばって住んでいたユダヤ人が、いろんな違う文化をもちよってイスラエルができているので、文化による統一というのはイスラエルでは不可能である。イギリス文化もアメリカ文化もフランス文化ももちよってきているので、イスラエルとしては、共同の手仕事による統一しかない。砂漠に対する闘い、外敵に対する闘いという目標に対して、プロセスとしては手仕事による統一をはかる、という考えかたがあって、イスラエルをひじょうに理想化して書いておられるんだけれども……。

わたしはこれと、開高さんご自身の戦後史を小説にした『青い月曜日』（文春文庫）を読んで、両方が響きあう感じをもった。

十二、三歳で敗戦を迎えて、手仕事をしてきてるわけでしょ。それが、こっち（『青い月曜日』）では、つらい、いやなものとして出ていて、イスラエルでは明るいものとして出ている。ネガとポジだな。その両方に関連があって、開高さんの思想を支える根本の理念はこれだと思いましたね。理想と反理想というか、理想と現実の関係ね。

開高　その点を指摘していただくのはひじょうにうれしいし、鋭いと思うんですよ。いつか鶴見さんと代々木ゼミナールで鼎談したときに、戦後にはあらゆる思想というものが導入されたけれども、戦争中かつてあれだけ……たとえば島木健作の『生活の探求』というかたちでも出てきていますけれども、それから加藤完治の内原訓練所の思想なんかにも出てきてますけども、農本主義ということで、手と足の労働というのを過度にまで言うたでしょ。それが戦後は、極左から極右まで、いっさいがっさい全部、手と足を失ってしまったでしょ。それに対する不満がぼくにはあるんですけどね。ホモ・サピエンスばかり論じられて、ホモ・ファーベル（工作人）はトンと忘れられてる。『青い月曜日』では、労働に対する嫌悪だけではなく、愛着も書いたつもりです。

鶴見　それはある意味では、全学連が回復しているわけですけどね、ゲバ棒というかたちで（笑）。

開高　そらまあそやけど、労働ではない。『日本三文オペラ』（新潮文庫）を書いたのも、『ロビンソンの末裔』（新潮文庫）もそうだけど、開拓者の生活を書いているんですが、みんなその気持ちがありますね。

鶴見　手仕事の思想ですね。『日本三文オペラ』は戦後の朝鮮人に対する一種の理想化としておもしろかったんだけども、イスラエルだとさらに日本から遠いだけあって、ほんとに夢を託しているという感じが出てて、とてもよかった。

開高　まさに夢ですね。ただ、ぼくが見たときのキブツはそういう感じだったし、今後もしばらくはこの情念はつづいていくと思うんですけど……。

こんどの中東戦争のなかばまでは、ぼくはイスラエルをひいきにしていたんですよ。ところが占領地区にただちにキブツをしきはじめたというニュースを聞いたときに、「ブルータスおまえもか」という気になったんだ。あれはいけない。いまはもう、パレスチナ解放戦線などのゲリラ活動が起こっているでしょう。あれはいかんなあ。

おそらく、イスラエル育ちの若い世代の過度のナショナリズムだと思うんですけどね。そりゃあ、アラブ十三カ国にとり囲まれて、絶え間なしに「殺すぞ殺すぞ」と言われつけてるとね、それが暴発するのもやむをえんという見かたもあるけれども、せめて彼らほどの叡智があれば、占領地区にただちにキブツを設営するというようなことはやめてほしかったですね。とたんに侵略主義になってしまう。

鶴見　それから何の本だったかな。初期の小説のうしろのほうに、主人公といっしょにアルバイトをする学生がいて、それがポコッと「人間は結局、一本の管やな」というところがあるでしょ。

開高　『なまけもの』という小説。

鶴見　そうそう。あれがやはり、開高さんの一種の根本思想だな。確かに赤ん坊なんて一本の管で、口からズボンとこう、一本の腸のようになって、上から下へとおり抜けちゃいますよね。それから少年くらいになると、腸が曲がりくねってきて、ゆっくりとほかのものがくっついてくるわけですが、その一本の管というのは、結局、食欲からくるということでしょ。まず食うことがあって、その次にセックスがあってというしかたで。

開高　なるほど（笑）。

鶴見　それから上部構造がだんだんに出てくる。だからどんなに高級なことを言っても、その底に沈んでいるもう一つの下部構造があるということね。それが開高さんの原体験というものではないのかな。食いものがじゅうぶんにないところに追いつめられた、そのもとの経験というのは、とてもものをいってるでしょうね。

開高　そうですね。いろんなことを言われるんだけども、このところ少し、焼け跡とか闇市というものを美化して語る文体が出てしまって、少し恥じてはいるんです。

つまり、ふつう都会の住人というのはハイマートロスでしょ、ふるさとがないということですけども。社会主義、資本主義にかかわらずハイマートロスになると、ぼくは思うんですけどね。どうもそんな感じがする。

その上、ぼくは決定的な時期を焼け跡で暮らしているでしょ。それが、日本の工業力が復活してきて、朝鮮戦争（一九五〇年）でカンフル注射を打たれて、日に日に目に見えて焼け跡が減っていく。新聞は、〝復興の槌音高く〟とこうくるわけだ。だけどぼくの住み家はどんどんなくなっていくというわけで、都会の住人としてのハイマートロスと焼け跡の住人としてのハイマートロスと、二つのハイマートロスが重なってるような感じがあるんですよ。おそらく、ぼくと同じ世代で都会に暮らした人間はだいたいみなそうじゃないかと思うんですが、二重のハイマートロスになってると思いますね。

しかし、それを声高に叫びたてるほど子どももくさくもなれない。というのは、焼け跡に叩きつけられてとにかく食わなきゃいけないし、必死の知恵を子どもなりにめぐらしてやってきたから、手のひらに心をのせて、孤独だと叫ぶというようなことはできない。

鶴見　この焼け跡体験に出合う前の、開高さん自身の体験というのはどんなものだったんですか。それはあまり出てきませんね、作品には。

開高　そうですねえ。まあふつうの、日本の中産階級の良家の子てなもんですかねえ。よく本を読みよく勉強し、少しお茶目で早熟という(笑)。

鶴見　やはり、お父さんが亡くなられてから急に暮らしが傾いたということが、激烈な経験だったでしょうね。

開高　二、三歳というころの状態は、そうとう違うものでしたね。

鶴見　違いますね。

開高　その当時は空腹になるというようなことは……。

開高　考えられないですね。

ぼくの家の場合ですとね、じいさんが北陸の七男か八男坊で、そのままほっといたら肺病で死んでしまいますよ、田畑は分けてもらえないし。

それで夜逃げ同然に毛布を背負うて村を飛びだして、大阪か東京に出てくる。そして爪に灯をともして四苦八苦する。それからようやくいくらか財産のようなものができる。それでふるさとの神社に石垣を寄附してみたり田畑をいくらか買ってみたり、「満鉄」の株を買ってみたりするわけですよ。それで、これでもうどうやら暮らせるわいとなる。そこで娘に養子をもらってやる。その養子はふるさとの村で、頭はいいけれどもお金がないので師範学校に行ってる、というのをもらってやる。

それが敗戦で、全部スッカラカンのカラッケツになってしまうでしょ。だからぼくなんかはひょっとしたら、東大仏文科助教授でね、プルーストってなことを、ひょっとしたらいまごろ書いてたかもしれない、そのままでいけば。だけど敗戦で、ぼくのような三代目が一代目になってしまったというようなことは言えるのとちがいますか。

話はとびますけど、いまの日本のビジネス界を見てても、二代目というのは一代目よりときには激烈ですよ。エネルギッシュだし、考えかたが辛辣だし、抜け目がないし、ある意味では一代目よりしっかりしていますよ。

それはことごとく敗戦の大ガラを経験していますからね。のんびりとした二代目になれなかったということがあると思うんです。ですから日本の企業は、敗戦で全部一代目に返ってしまったということが言えるのとちがいますか。

だけど爽快だった、焼け跡は。

ぼくはよく覚えていますけれども、嵐のごとき一夜がすぎて、大阪へ歩いて見にいったらもういっさいがっさい何もかもなくなっていてね、あのときは実に爽快だったなあ。おそろしかったけれど爽快だった。

いつか鶴見さんが何かの本に書いてたでしょ。当時の少年が田舎から東京駅に出てきて、実にサッパリしたなあ、とか叫んでいるのを引用して、つまりそれ以前の世代は何か失ったと感じて絶望に沈んだんだが、それ以後の何も知らない世代はこの焼け跡を実に喜んでいるというのを、鶴見俊輔一流の、清純な驚きで書いておられたのを覚えていますが……。

鶴見　あの焼け跡を肯定的な意味でとらえるかどうかというのが、左右を超えて思想の一種の分かれめでしょうね。

開高　そうです。

まあ、暮らしてるぶんには、ぼくはドッペルゲンゲルばかり起こして苦しかったんですが、とてもおそろしくて、いてもたってもいられなかった。もし工員生活とか、労働とかをしていなかったら、自殺していたかもしれません。

その後、外国へ行けるようになって、いろんな国の廃墟を見てまわったんですけども、ワルシャワは戦後十六年たってもまだ瓦礫のままでしたけれど、これには全面的に共感を誘われましたね。古い血が脈々とぼくのなかで鳴った感じで。

鶴見　戦後育ちの世代のインターナショナリズムというのは、開高さんの書かれるものにひじょうにつよくあらわれてきますね。

開高さんにとってポーランドはひじょうに近いし、ポーランドと重ねあわせてイスラエル、砂漠の体験、ベトナムが出てくるし、戦争を体験した世界の若い人たちにすぐ話が通じるという感情の構造がありますね。三十年、四十年前の日本人と話をするよりも、若くして戦争を迎えた外国人の青年のほうに、むしろ話しかけ合うというところがあるでしょ。それは日本人の社会的性格としてはこの二、三十年にあらわれたもので、日本の歴史の新しい実質ではないかな。

開高　そうでしょ。ある意味では唯一最大と言ってもいいのとちがいますか。

少なくとも、戦争に敗けたらどうなるかということを話し合うときにね、ぼくらが闇市やら腹のへった話やら、闇のシケモクやらの話するでしょ。ぜんぜんピッタリと合いますね。ポーランドでもどこでも。

鶴見　わるく言えば陰湿だしよく言えばデリケートなんだけれど、そういう意味での日本的というのは、江戸時代三百年の鎖国のなかで出てきたものでね。それはなるほど日本人でなきゃこの味はわからないんだというものはあるけれども、そういうものがとっぱらわれて、やはり、敗戦のときに十代でなければこの気持ちはわからない、というものが別に新しくあらわれて、それは日本だけではなくて世界の戦後世代をおおっているという感じがありますね。そのことの意味が、川端康成くらいの年代になるとわからないんでしょうね。だから〝美しい日本のわたし〟になる。

開高　だから、あの人たちの場合は、あの有名なエッセイだけれども、今後わたしはあわれな日本の美しさのことしか書くまい、というふうになるんだけれど。それだけでかろうじて防壁をめぐらして、時代にそむくことで自分を保ちうるんですけども、ぼくらの場合は、保つもくそもへったくれもあったもんじゃなかったんで、そのなかでもみ倒されるわけで、もみ倒されることの快感と憎悪と二つ、相なかばするんですけどね。

鶴見　吉本隆明が言う「大衆ナショナリズム」というのは、かなり広く受け入れられたけれども、そういうものではちょっとおおいつくせない何か、その風呂敷からはみだす何かがありますね。

開高　それに、インターナショナルと言えば、ぼくはあざやかに覚えているんですが、戦後しばらくしてからケストナーの『ファビアン』という小説を読んだことがあるんですよ。あれは第一次大戦後のドイツのベルリンが舞台で、広告の文案なんかを書いてる青年が、ベルリンの街を夜な夜な彷徨《ほうこう》するんですが、それ読んでるとね、第一次大戦後のベルリンを書いているのか第二次大戦後の日本のことを書いているのかわからなくなるぐらい、ピッタリそのまま来るんですよ、感覚が。あの人はとくに、非ドイツ的な性格の人ですから、そういうふうなコスモポリタンの性格を小説のなかに出せたのかもしれないけれども。読んだときはもう言うことなかったですね。これはわが国の現在そのままではないかという気がした。
もう少し上の、特攻隊の生き残りの世代になると、ボルヘルトですね。読んだことない？『戸口のない死者』だったかな。日本の新劇でも戦後二十年間、しょっちゅう営々としてやられていますけれども。彼なんかについては同じようなことを言いますね。
鶴見　わたしは、開高さんほどではないけれども、いちばん理解しにくいのは、上昇期の明治の人たちの気分と思想ですねえ。全部わからないわけだ。向こうはそれが日本人だと思ってるから、ひじょうに食い違いますね。
開高　ディスコミもはなはだしいところ。ぜんぜんわからない。
鶴見　この『青い月曜日』のなかで、戦後のシューシャイン・ボーイ（アメリカ兵を屁とも思わなかった靴みがきの少年たち）のことが書いてあるでしょ、あすこだなあ。大学教授にはこれはわからない、というようなことが書いてあったけれども……「東大の教授よりも私はシューシャイン・ボーイの方を尊敬する」。これだなあ、これはわかりますねえ。
開高　あの子らはいまどうなっているんでしょうね、それにパンパンさん。
鶴見　どうなったんでしょうねえ、しかし大部分は死んだんじゃないですか。
開高　あの放埒《ほうらつ》、果敢、聡明さね。アメリカ人が向こうから歩いてくると、日本のインテリは一町手前でウロウロと、声をかけられたらどうしようかと目を伏せて歩いてたでしょう。それでいてアメリカ人は何もわかってないというような悪口をかげで言うんだけれども。正面から立ち向かうのはパンパンさんとシューシャイン・ボーイだけ。これも爽快だった。

鶴見　何人かは残ってるでしょうが、わたしたちの仲間に、あのころ十二、三で、アメリカ兵に女性を世話したりなんかしていた人がいて、女性が来ると、こうやってピーと口笛を吹いて知らせてやるというような話をしていたけれども、いまは医者になってるが、そういう人はやはり、大学を十年ぐらい行ってますねえ。中学生ぐらいのときからずっとアルバイトをして、自立してますよ。なにか野放図なところがありますよ。自然にもう社会のなかからはみ出してるんだ。だから、こうなればこうなってという、エスカレーターの感覚がないんですよ。つまり、一階に行ったら九階まであがって食堂で飯を食うものだという感覚がないんですよ。そういう人は、はみ出した者のほうが正常だ、という感覚をもっているでしょうね。

開高　あれはいいもんでしょうね。

シャッター反応

鶴見　この『輝ける闇』（新潮文庫）のなかで、とてもおもしろかったのは、〝シャッター反応〟のところなんですがね。

あるところまで行くとパッとシャッター反応を起こしてしまう。なんだったっけ、アメリカの士官が、なんか銃の装備をくどくどと説明してると、ポコッとベトナムの兵隊が行ってしまう、あッ、シャッター反応を起こしたな、というところがあるでしょ。あの感じね。つまりシャッターが降りたその向こうに何があるか、という問題ね。結局、この『輝ける闇』というのは、アメリカ人と日本人は同じこちら側にいて、シャッターを降ろされてしまった向こう側には達することができないんだ、という問題を書いておられるんだと思うんですけどね。

だから、カーテンがあって、カーテンの向こうに何かある、ということは言ってるけれども、カーテンの向こうにわれわれが行くことはできないんだ、ということね。だからもうここでは何もかもとっぱらわれて、戦後の青い空がある、という感覚ではありませんね。もうすでにビルが建ってしまって、ビルのなかにとじ込められてしまった人間として主人公がいて、そこから見てるんだ。われわれ日本人はもう焼け跡に住んではいないんだ、というそのことが、すでにある不自由さを身につけて、向こう側からわれわれは見ることができないという、そういう悲哀、よくわかりますねえ。

開高　あの、シャッター反応ということばをつくったアメリカの人も敏感だと思うんですが、気をつけてると、ほんとによく見られるんですよ、あれは。サイゴンのレストランやキャバレーで飯を食ってるでしょ、あるいはダンスするでしょ、それで勘定をもってくる、それがまちがっている。まちごうてるやないかと言ってこうこうだと言う。計算しなおす。するとまたまちがう。九九を知らないから例によってこちらのほうが早いんですよ。二へんやってオレの答えは同じや、あんたのはちごてる、オレのほうが正しいのやないか、というようなことを言う。と、ここまでくると、パッとシャッター反応ですね。ほんとにあれはわざとやってるという感じではないんですよ。

あれを身につけたいと思うときありますよ（笑）。

トカゲが追いつめられたらシッポ切って死んだまねするとか言うけれども、あれは死んだまねではなくて、ほんとに死んだ気になってるんじゃないかと思う。そこまで何かが徹底してしまってると思うんだけれども、ぼくなんかとうていできないね、あんな無邪気なことは。有邪気で、邪気がありすぎて。

鶴見　わたしはあれに近いところまではいきますがね。ウツ病になるとシャッター反応ですよ。

開高　ほう、そらこんご気ィつけなあかん（笑）。

鶴見　第三の力ですよ、第三の力が降ろさせるんだ。そうでなければ、そんなに急速にパチッと降りるはずはないですよ。

開高　そうです。そのシャッター反応起こしてからも、あとついていってみるとね、彼がコオロギをケンカさせる博奕したり、トランプしたり、きわめて正常活発旺盛、精力的にやってるんですよ。だから反抗のキザシというわけでもない。パタッと切断されちゃうんです。これがわからない。実感としていまだに飲み込めない。

鶴見　その飲み込めない部分が、この『輝ける闇』のハイライトではないのかな。まさにそのことがテーマなんで、傍観者の位置を無言で見返すものをとらえてるという感じがしますね。そこから見たらどうなるかってことですねえ。スクリーンの裂け目までは見えるが、その向こう側からこちらを見ることはできない。アジアの問題に接触するときの、日本人の限界みたいなものですね。

開高　それはありますねえ。ほんとにアジアはむつかしい。

だから、日本に帰ってから、アーッしまったと思ったんですけど、アジアについていいドキュメンタリーを書こうと思うと、自分は徹底的にファーブルにならなければいけない、と思った。あのファーブルの非情さと多感さね。彼が虫の行動について書くときに、いろんなメタフォアを使って書くでしょ。一方でひじょうに科学的に書きながら、いろんなメタフォアを使って書くでしょう。そのメタフォアのなかに、当時のフランス市民生活の感覚やら習慣やら情念やらがずいぶん温かく動いているんですよ。それがユーモアを生み出したりしているわけですよ。その非情さと多感さと両方があるでしょ、あのファーブルね。あれに徹せられたらどんなにかいいだろうと思う。

だけどテロの現場を見て、血ィのかたまりが床に氾濫しているのを見ると、もうぼくはだめになるなあ。ひじょうにこうつかみようのない疲労を覚えてしまうんです。去年の夏もそうでした。やっぱり血を見ると疲れました。

鶴見　しかし、もし、焼け跡に生きていた少年そのものだったとすれば、別のしかたで入り込む余地はあったでしょう。
開高　そうかもしれません。シューシャイン・ボーイなら入っていけたでしょう。

政治宣伝のこわさ

鶴見　広告というのは、開高さんの暮らしかたにとってもおそらく文学の方法にとっても、大きな影響を与えたと思うのですが……。
サントリーの広告に入られますね、あれはいつでしたか。
開高　昭和二十九年ごろですよ、二十三、四歳ごろですね。
鶴見　その広告の方法を、反戦運動に転用された最初の人の一人だと思うんですけど、広告はどういうふうに自分を変えたと思われますか。
開高　そうですねえ。ぼくの本質にはあまり深く食い込まなかったように思うなあ。職人として当時ナンバー・ワンでしたけれど、それで自分がどう変わったかとなると、よくわからない。
ただ、大阪の人間というのは、才覚一途に生きる、アイディア一途に生きる、というところがあるでしょ。権力にありつかなかったから、才覚だけで日本を支配しようというわけですけれども。そういう面でのぼくのなかにある大阪人は、めざめたと思いますね。それで〝トリス時代〟をつくってしまったのですけれども。

ぼくは目下関心があるのは、商業宣伝よりも政治宣伝でね。政治宣伝についていっぺんエッセイを書いてみようかと思っているんですよ。

日本の場合に困るのは、上御一人《かみごいちにん》のために、天皇陛下のためにという最大のキャッチフレーズが明治の初めにできて、それで明治・大正・昭和の三代を支配するわけです。だから、「欲しがりません勝つまでは」とか、「ぜいたくは敵だ」とかのキャッチフレーズは、政治宣伝にならないんですよ。

ヨーロッパと後進国、これは政治宣伝のルツボ。ほんとのルツボ。ヨーロッパには不滅の天才が二人いるんですよ、政治宣伝については。レーニンとヒトラーなんです。

鶴見　なるほど。

開高　それから、後進国にはカストロとか毛沢東とかホー・チ・ミンとかいますけれども、日本には政治宣伝はないですよ。

鶴見　自由競争がないから。

開高　そう。だからわれわれは政治宣伝のこわさというものを知らない。すぐ乗せられちゃう。

鶴見　しかしヨーロッパだって、もともとはキリスト教が権力と癒着して、自由市場がなかったところで、その裂け目から出てきたんでしょ。

開高　商業宣伝はけたたましいけれども無邪気なもんですよ。鶴見さんがコカコーラを買わなければ、鶴見個人にとってはコカコーラ会社が投資した資本は、そこでパタッと切れちゃうんだから。何百億、何千億という金は使うけれど、罪深さということから見れば商業宣伝など、ものの数じゃない。だけど政治宣伝は、寝てるあいだでも頭のなかに入ってきて、「正義だ」「敵だ」「敵は殺せ」と誘いかけてくるでしょ。

だから政治宣伝をもっと研究しなければいけないと思うんですが、日本の場合はそれがないんですね。

鶴見　広告は開高さんの内面には食い込まなかったかもしれないけれども、ことばというものを商品として、コモディティとして扱うという考えかたは、そうとう入ってきたんじゃないですか。

開高　そのとおり。

鶴見　わたしは開高さんと話をしてると、ひじょうにほかの人と話をしてるのと違うのは、やはり、ことばというものを一つ一つ、商品のようにパッと操り出しますね。一種の才能の誇示というのを感じますねえ(笑)。

それで不思議でしょうがないのは、開高さんが好きな本というのが、オーウェルとか、広津《ひろつ》和郎《かずお》とか富士正晴とか、みんなくすんだ文体の人でしょ。それがわたしにとっては不つりあいの印象です。開高さんのイメージのなかで、こう、どうもハーモニーにならない部分があるわけだ。

開高　ぼくには、自分と反対の方向へ駆け出したいという衝動がいつもあるわけです。

鶴見　富士正晴は、どう考えても広告と結びつかないですね。

開高　島尾敏雄とかね。

鶴見　オーウェルにしても、オーウェルの文体というのは、平坦の極みというか、平坦そのものでしょ。ひじょうに飾りが少ない。

開高　そのとおりです。オーウェル論になりますけれども、ある種の信州人ね、あんなタイプの作家ですよ。

鶴見　オーウェルのエッセイというのは竹内好《たけうちよしみ》に似てますよ、文体は。それも初期のではない平明になってからの竹内好ですね。初期の竹内好はもっと晦渋さをもつ絢爛さがあるでしょ。やはり青春のものですね。

オーウェルは違いますね。オーウェルの「なぜ私は書くか」（オーウェル評論集1『象を撃つ』所収平凡社ライブラリー）とかは、透明ですからねえ。

開高　ぼくは一度、オーウェルを自分の手で翻訳してみようかと思ってるんですがね、とくにエッセイ集をね。

鶴見　驚くべき文体だと思いますねえ。

開高　そうです。それと彼の頑固さとか誠実さに似たものは、日本人ももっているんですよ。だけどわれわれが、たとえば政治と文学とか戦後いろんなかたちで言われてきたんだけども、その場合、通過するのにいちばん悩まなければいけないものは、全部すっぽかしてる。そこをオーウェルが全部突いてきてるという感じがあるんです、エッセイ読んでると。

だからいまからでもかまわない。この問題をもう一度考え直してみたらどうだ、という一つの触媒として、オーウェルのかたちを借りて出してみたいと思うてるんです。

あのにがい、頑固なまでに自分に忠実で……。あれを通過しなければいけないのとちがいますか。実ににがいけどね。

鶴見　そうですね。あの文章というのはおもしろいものですねえ。

開高　広告をやっててね、さっき言いましたように、二十三、四で、当時は寿屋と称していたいまのサントリーの宣伝をやったんですが、そのころから自由販売制度が復活しはじめていたから、広告・宣伝をいくらやってもよろしいということになったのです。寿屋というのは戦前から不必要なくらい宣伝に金を惜しまない会社なんです。

それでぼくは、何十億という金を文章で消化したんですよ。あるときぼくは計算してみたことがあるんですよ。ぼくが一年間に書いた広告の文章の字数で、新聞・雑誌・週刊誌に使った予算を割ってみたんです。一字あたりいくらになるか、というわけだ。これはめくらむような数字よ、当時。吉川英治さんも松本清張さんもそんな原稿料もらってないねえ。それで初め恐くなった。二年ぐらいその恐怖心がつづきましたね。

たとえばぼくが、「飲めや歌えトリス」と書いたとしましょうか。それだけで何百万という お金ですよ。それだけ投資して、はたしてトリスが何本よけい売れたかという計算は、これは だれにもできないわけだ。にもかかわらず、これはきいてるらしいと感じられるわけだ。この 次元まで、ぼくはだいぶ良心的に苦しみましたね。そのうちにイケずうずうしくなって、コツ を覚えてきたけれども。

鶴見 開高さんの先輩たちは、そういう恩恵には浴さなかったでしょうね。大手拓次とか金子光晴とかは。

開高 そうねえ、金子さんもここで凌いだし大手さんもやったんだけど……だけどぼくが浴した恩恵ったって、ただのサラリーマンとしてのものですからねえ。

鶴見 それで暮らしをたてておられた時間はそうとう長かったですか。

開高 実質的には三、四年ですね。

鶴見 すると、時間から言うと大手拓次のほうが長かったわけだ。

開高 そうですね。ただぼくのころは、時代がトリスに向いてた、ということがありましたね。あのころサントリーの社長だったらおもしろかったんじゃないですか。毎月こうすばらしい急な坂をグラフはかけ上っていくんですからね、売上高は。

鶴見 その開高さんの書かれた広告文集はあるんですか。

開高　いや、そういうものはつくらない。なぜかというと、ぼくの考えによれば、ぼくが書いた寿屋の文案というのは、それは寿屋の文案であって開高の文案じゃないんですよ（笑）。

鶴見　東京工大にいたとき、試験問題委員会というのがありましてね。そのとき宮城音弥氏が、「このわたしがつくった試験問題の著作権はどうなりましょう」（笑）と言ったことがあったが、開高さんは宮城さんほど権利意識が発達していないわけだな。

開高　前近代（笑）。広告というのは写真とかデザインとか、いろんなものの集合作業なんです。映画と同じなんですよ。だから結果として見ればぼくが占める領域というのは、はなはだ曖昧ですね。

山川草木とともに

鶴見　いま言ったような、なんというか、不つりあいがとてもふくまれているんで、これから書いていかれるものがどういうふうになるか、予測のつかないものがたくさんあると思うんですが、自分がどういうふうにして自分につくられたかというようなことは、ほとんど書かれていないですね。

この『青い月曜日』にしても、あるていど、自覚的に自分をつくる年齢に入ってからの話ですね。やはり、まだいろんな話があると思うのだけれども。

開高　それを書くには、ぼくは告白をきらいすぎるし、はにかみがありすぎるし、それがあるんじゃない？

鶴見　戦後というものに対するひじょうな屈辱感があったでしょ。その屈辱感が、才能の誇示というのとつながってくるので、それがある段階からなくなってくるのじゃないかな。そして、もう少し文体そのものも変わってくるんじゃないかなという気がしますけれど。

開高　屈辱感はひどかったですね。ただそれを、自分のかたちとしてどうしていいのかわからない。人にものをめぐまれることのつらさというのを悟らされたし……。

鶴見　この『青い月曜日』のなかに社長が出てきますね。あのあたりはやはり圧巻だなあ。開高さんの文体上の趣味が開高さん自身の文体にくっついていって、戦後以前の自分と結びついていって、そういうところから何か新しく出てくるんじゃないかな。なんというか中国仙人風の桃源郷の住人みたいな。そうすると、計算されたナンセンスではなくて、不随意筋が自然に、こう羽化登仙《うかとうせん》するみたいな、別のナンセンスの可能性が出てくるんじゃないかなあ。そんな気がするんですが。

開高　ぼくは、まあ、戦後にいろんな本を読んだんですが、第一次戦後派の人につよい衝撃を受けたんです。とくに武田泰淳氏ですね。

それから梶井基次郎です。こういう文学では、山川草木ことごとくうたいだすんですね。初めはデカダンスだと思っていたが、それとは違う。生命の讃歌だ。サルトルの『嘔吐』（人文書院）なんかにおいては、人間と物とが等価値であるところに追いつめられて、その追いつめられたことで、人間が物におびやかされている。しかし、梶井基次郎では、そうではない。彼は孤独になると救われるんだ。物は優しいんですよ。物がみな讃歌をうたいだす。これが東と西の相違じゃないでしょうか。

鶴見　「玩物喪志」の逆ですね。ふつうは、社会に背を向けて山川草木にしりぞくというのでしょうが、山川草木のなかにもどってそこから活力を得て闘うという立場が出てくるでしょう。

開高　それから、深沢七郎がおもしろいでしょう。『笛吹川』（新潮文庫）を読みましたか。生まれて、死んで、また生まれて死んでというだけのことを書いている。

鶴見　あっ、ケツの穴がひらいてしまった、というのね。近ごろ、『話の特集』という雑誌に、深沢が自分が死にそこなった話を書いていた。狭心症の発作らしいのだが、あっ、自分の心臓が止まるというのを、ものの動きのように突きはなして書いていた。死の近くまで行っても自分をあれだけ突きはなして書けるというのは、たいしたものですね。

（一九六九年）

IV

戦争体験

「敗戦体験」から遺すもの

司馬遼太郎

時代はいつ変わったのか

司馬　わたしは別に過大な期待を社会にかけるほうではないんですが、戦争が終わったときは、電灯がともりまして、まともないい世の中が来たなと感じた気持ちは、いまでも思い出せます。わたしは学童疎開のような兵隊体験で、戦争の現場も知らないし、空襲も知らない。敗戦の日、わたしの属していた連隊で、下士官たちが動揺しないように何か話しておけと言われて、明治以来、お国のためとか何とかのためとか言われすぎたのではないか、これからは故郷に帰って女房子どもをだいじにするだけの一生を送ったほうがいい、と話しました。わたしは二十三、四の小僧で、下士官たちはわたしよりずっと技能があってこっけいな話ですが。いまでも彼らに会います。「われわれ鎮台《ちんだい》サンは」といまでは補足します。江戸時代の百姓が明治になって鎮台にとられた。その鎮台サン。

実際に進駐軍が政治をしはじめたときは、京都で新聞記者をしていました。ゆるやかな占領がはじまったという感じでした。太平洋戦争の末期の軍部は、日本を支配しているという感じよりも、占領しているという感じだった。それまでの日本の歴史になかったことで、秀吉も家康も日本を占領していたわけではない。

われわれ庶民にとって、軍部の強烈な占領から、かつての敵軍によるよりゆるやかな占領がはじまったという感じで、日本人が進駐軍に対して抵抗が少なかったのは、一つはそういうことではないでしょうか。

やがて憲法ができて本格的な戦後がはじまった。自分の生きているあいだにこういう国ができるとは思わなかった。そういう感覚が、ずっと今日までつづいています。

鶴見　戦争中は「殺せ」と言われるのがいちばんかなわないんだなあ。「殺さないやつは殺せ」という思想を胸に突きつけられて、なんとかして殺さないで自分が死にたいということが、わたしとしては理想の極限だった。だから、病気で死なせてほしいというのが、日夜の祈りでした。

このあいだ、「ディア・ハンター」という映画を見て、とてもおもしろかったんです。「殺さないやつは殺せ」というところまで追い込み、結局、殺さないやつも殺すやつも殺されてしまう。

それは戦争の極限なんですね。わたしの場合、それから逃げきるために、自分が殺しそうになったら自分を殺す、自殺する権利があるんだということを最後の砦《とりで》としたんです。自殺が最後の自由意志の発動だと思った。だから薬をくすねていつでもポケットに入れていて、最後には便所に鍵かけてやろうと思っていたんだけれど、致死量がわからなくてうまくできるかどうかわからないし、すごくこわかった。

その状態から解放され、生き残ったということは望外のしあわせですね。自分の願った極限である「病死」の上までできたわけだから、ありがたいとも思ったし、なにか腰が抜けたような感じがあった。人を殺さないですむような社会に生きられれば、他のことはあまり言わないないなあ。そういう気分はずっとつづいていますね。

ところが、いまはいろいろな因果連鎖で間接的に人を殺すような社会であって、そこを見定めると、いろいろむずかしい政治問題が出てくる。世界の飢えに対してわれわれに責任があるという因果連鎖がある。それを考えると、殺しそうになったら自分を殺すという考えかたを、いくらかゆるめてでも自分に適用したいという気がします。いま自分がらくをしている分に歯止めをかけなければいけない。その歯止めは自分の意志で決まるだけに、危いんですよ。日本人全体にどこまで歯止めをかければいいのかということは、なかなかむずかしいことだけれど、しかし、何らかの方法で歯止めをかけなければいけないいな、と思いますね。

司馬　わたしはノモンハン事件（一九三九年）を書くことで、あの時代の何ごとかを感じたいと思って、いろいろ調べたり考えたりしてきたけれど、いまだに書けないでいるし、ひょっとすると書かないかもしれません。昭和前期という魔法の森のような時代を自分なりの手製のカギであけてみたいと思いつつ、カギが見つからないでいます。

小松原（道太郎）というソ連通で、モスクワ駐在武官まで経験している中将が、ノモンハンの戦場での最初から師団長でした。彼は秀才だったろうけれど、当時の日本の多くの高級軍人と同様、軍人としてのくろうとではない。くろうとなら、自軍を無用に無意味に殺傷されてしまうような戦争をするはずがない。ほとんどの高級軍人と同様、彼もたんなる官僚だったと思います。戦況が最悪になって、もう師団長の天幕ぐらいしか残されていないというときに、この人は天幕のなかで頭をかかえて、「もう、こうなればどうしようもないな。しかし日本の兵隊さんはつよいそうだから何とかやってくれるだろう」……。

日本の兵隊さんは世界一つよいというのは、明治以来の小学校教育で教えられてきた思想ですね。小学校一年生から学芸会は戦争芝居でした。日本の兵隊さんはぜったいにつよいという。大久保利通の子の牧野伸顕《まきののぶあき》の回顧談(『回顧録』)に、昭和初年、牧野があるイギリスの女流評論家と横浜で会食をしていて、「津々浦々の小学校でそういう奇妙な教育がおこなわれている。そういうなかから職業軍人が出てきて、もし政権をとれば必ず戦争をしかけ、日本を亡ぼすでしょう」と忠告される。ノモンハンの戦場で天幕一つになってしまった小松原中将のつぶやきには、そういう背景がある。自軍の率いている兵士は元亀(一五七〇―)、天正(一五七三―)ていどの装備しかさせていないのに、日本は世界一つよい軍隊だと職業軍人までが思い込まされている。よわいとかつよいとかいうことより、このていどのことが国民信仰になってきたことに気だるい驚きを感じてしまう。

鶴見 長州征伐の幕府軍みたいなものだ(笑)。

司馬 それでまっ正面からソ連とぶつかったら、さんざんに負けて師団司令部の天幕だけになった。そのとき師団長が思い出したのが、小学校で教わった兵隊信仰だというのは、なんとつまらないことだろう。実際に兵隊さんは分隊単位の運動が上手で、勇敢で、火縄銃――じゃなくて三八式歩兵銃――のボルトをいちいち動かしながら逃げもせずにどんどん死んでいった。つまり、愛国はすべての価値の上に立つものだという明治の国家信仰が、昭和十年(一九三五)代に頂点に達して、日露戦争(一九〇四年~〇五年)のときよりも逃げない兵士がノモンハンの草原にほうり出されていた。

その後もそういうリアリズムのない国家行為を総がかりでやったために、敵を殲滅《せんめつ》、撲滅するんだとか、考えられないような抽象論ばかりがうず巻いていましたね。その後遺症はいまでも社会のなかにあります。わたしは、日本の社会はわりあい現実的にものを考える能力をかつてはもっていたと思うんですが、昭和初期からはまったく宙に浮いてしまったような気がしますね。

鶴見 いや、わたしは明治三十八年(一九〇五)からだと思いますね。馬上天下をとった明治元年(一八六八)から明治三十八年まではそうとうの自制心が、新政府の功労者たちに働いていた。ところが日露戦争に勝ったとたんにそのたがはずれ、もう大盤振舞いで、おまえは公爵、おれは伯爵と……。

そのときから昭和の種が蒔かれたんですね。三十八年を境に、ジキル博士とハイド氏のように、人間の内面が入れ替わってしまって、あとは同じ人間の皮を着た別の人間になった。金子堅太郎にしても、明治の初め、憲法制定のときはもっとずっと頭を働かせていたと思うんです。

ところがあとは、ときどき宮内省や何かに行って歴史の偽造をやり、おれはこんなに働いたとかなんとか言って、だんだん自分の爵位をつり上げてゆくようなタイプの人間になってしまう。

期待と回顧の次元

司馬　おっしゃるとおりですね。日露戦争が終わったときに、陸軍少将は全部男爵になった。戦史の編纂は歴史家に委嘱するのがふつうですが、日露戦争史は軍人が書いている。すべての軍人が論功行賞の対象になってしまうものだから、結局は何の価値もない官修戦史ができあがってしまった。そこから日本のリアリズムがガタッと減ったということは、確かにありますね。

石油の登場も見逃せませんね。第一次世界大戦（一九一四年〜一六年）から石油が軍隊にとって不可欠になった。兵隊を輸送するトラックも軍艦も石油で動くようになったのに、日本にはない。

机上論で言えば、もう日本は近代的な軍隊をもつ資格はなくなった、いっそ軍隊を廃止してしまおう、という方向に向いてもかまわない。が、軍人たちの職業的危機意識は逆に政治や国民思想を乗っとってしまうことに向かった。自分たちには存在理由がないことを内々感じたときに逆にファナティック（狂信的）になったわけで、こういう政治の精神病理というものが、昭和初期を支配したと思います。その点から言うと、シベリア出兵あたりから敗戦までの日本の異常さは、われわれがものを考える上でのまともな思考の叩き台にならないですね。

鶴見　日露戦争が終わったときに、支配層はジキル博士からハイド氏になったんだけれど、戦争中はものすごいリアリズムがありましたね。アメリカに金を借りにやらせたり、どこで止めたら破滅にならずにすむかということを、力いっぱい計算している。そのリアリズムをついだ人が、明治三十八年以降いくらかは残ったわけで、水野広徳《みずのひろのり》がその一人だと思うんです。ところが彼のような本格的な保守主義は、日本海海戦記『此一戦《このいっせん》』がベストセラーになったにもかかわらず、まったく重んじられなかった。

戦後、昭和六年から二十年までの無謀な戦争のなかでリアリズムをかみしめて、水野広徳的な流れが出てきたらよかったんですが、やはり出てこなかった。出てきたのは、戦争中に旗を振って指導者だった東大の新人会の連中で、彼らはこんどはキツネを馬に乗せたみたいに占領の上に乗っかり、それでまた旗を振った。それが進歩的文化人の原型になるんですね。もともと占領の上に乗っただけだからよわい。その意味では江藤淳の指摘するとおりで、占領が終わったら、馬からおりていまや前に進む力がなくなった。東大新人会的な進歩主義の終わり、そこにいま来ているという感じがしますね。

司馬　徳川時代に用意されて明治維新の主要思想になり、さらには戦前の国民教育の基礎になっていたのが、水戸学という宙に浮いたような観念論ですもの。水戸学では世間に住む民衆の暮らしの把握など何もできない。東大新人会にもその逆説的な影響は濃いでしょう。

鶴見　十五年間もあんな戦争をやったんだから、水野広徳的な反戦思想が用意されていなければならないはずだし、それが日本が国家として、国民として寄りかかるに足る思想の共通の河床《かしよう》＝岩床だと思いますね。いまは、進歩主義のよわさともろさにただ鉄砲を向けることに夢中になっている感じがします。言論の勝負としては、逃げまどう者をポンポンやるのはいちばんやりやすいんだけれど、それはいいことではないんじゃないか。いまわれわれが日本人としてなすべきことは、十五年間の戦争をやらせた力に歯止めをかけるという、現実把握なんです。それをなしうる岩床を探すことが第一で、資本主義がいいか、社会主義がいいかなんていう問題以前の問題ですよ。

司馬　その岩床を探すというのはたいへんなことだな。岩床を探さねば、日本の政治的正義というのがくりかえしうわすべりしてゆくということになりますね。

鶴見　わたしの好きなことばに、レッドフィールドの「期待の次元と回顧の次元」というのがあるんです。いま生きている人は、こうなるだろう、こうすればああなるだろうと、いろいろな期待をもって歴史を生きてゆくわけですね。ある時点まで来て、こんどふり返るときは、もう決まっているものを見るわけだから、すじが見えてしまう。これが、回顧の次元ですね。しかし、期待の次元と回顧の次元とを混同してはいけないのだが、敗戦のときの言論の指導者にはそれがあった。自分はどういう気持ちで十五年間戦争をしてきたのか、自分がまちがえたときの期待の次元をもう一度自分のなかで復刻し、それを保守すべきだったのに、そのときに、占領軍の威を着て、嵩《かさ》にかかってまちがった戦争だった、わかりきっていたことだと回顧の次元だけで、あの戦争を見たでしょう。あれがまずいんですね。その期待の次元から手を放さなかったという意味で、丸山眞男氏はえらかったと思います。戦後すぐ、丸山氏は「陸羯《くがかつ》南《なん》」を書くでしょう。陸羯南の思想はナショナリズムで、海外の文物と思索の方法を日本人の立場に立ってとり入れていこうというものですね。丸山さんは馬に乗せたキツネにならなかったわけで、そういうものを全部洗い流して、彼も進歩的文化人のなかに入れてしまうのはまちがいです。

また、逆のタイプの人で、吉田満氏をえらいと思う。戦争が終わって呆然としているなかで、彼は戦争中に自分に植えつけられた文体（文語文）で、戦艦大和が沈められて自分が漂流しているときに、自分のなかを行き交った心象をそのまま定着した。期待の次元での戦争像から手を放さないでいた。そういうことがもっとも重大だったという気がしますね。

自分はどうしたかと言われるとたいへん困るんだけれど、わたしは万が一生き残ったら、『転向』という本を書きたいと思ったんです。自分自身が、戦争中に無気力な状態に落ち込んだという自分の転向という事実にかぶせて、わたしが子どもだったときに綺羅星《きらぼし》のごとく並んでいた進歩的評論家、学者は、清沢洌《きよさわきよし》や宮本百合子、広津和郎《ひろつかずお》とか、ほんの数人の例外を除いては、ほとんど〝鬼畜米英〟の旗を振っていたでしょう。その人たちの動きをキチッと書きとめたいと思った。それは昭和十九年（一九四四）の二月のことで、遠くまで見える感じがして、戦後もそこから手を放すまいとしてきたんです。共産党が獄中で非転向をつらぬいたのはいまでもえらいと思うけれども、もっと重大なのは、転向という事実の遺産ではないかと考えたんですね。

司馬　うん。

鶴見　いまをポイントにして、「戦後の進歩的文化人はなんだ！」とか、「戦後文学は全部虚妄だ」とか言うのは、わたしも片足を突っ込んでいた敗戦直後の進歩的文化人の流儀を、ほぼ無修正で復活させることだと思う。論理の型として同じことですよ。無条件降伏論争についてもそれが言えますね。わたしは終戦の時点では、無条件降伏と思っていたし、また、ほとんどの人がそうだったんですね。『昭和大雑誌』（流動出版）のなかの「八月十五日の記」を見ますと、正宗白鳥《まさむねはくちょう》も、谷崎精二も、村山知義も無条件降伏だと思っていた。それを決定的にしたのは、天皇がマッカーサーを訪問したときの写真が日本国中に出たことですね。わたしもそのムードのなかにいました。

ところがいま、回顧の次元で自分の立場を修正すると、日本国は日本軍の無条件降伏を受け入れた、これを縮尺して無条件降伏と言うんだと自分の認識を訂正したい。さらに、（降伏をめぐる）江藤淳・本多秋五論争が出たあと、高野雄一氏がこんなことを書いているんです。「日本国はポツダム宣言という降伏の条件提示を無条件でのみ、日本軍の無条件降伏を実施した」。

いまはそう考えるのが正しいという気がしますね。

しかし、自分が終戦直後からこのように思っていたように居丈高《いたけだか》になって裁くというのは、ぐあいがわるいでしょう。それを超えるような保守主義を要求したいですね。つまり、保守とは、自分がいままで期待の次元で生きていた状態から手を放さずに、ちゃんとそれをつかむことからはじまる。それができれば、河床を見つけることも可能なんだ。

その保守派とは水野広徳的なものであって、いま居丈高になっている「保守派」とは違うものでしょう。いまの「保守派」は、いままでおまえたちは岩床を探せないでいたじゃないかという、進歩派批判にだけ終始している感じですね。

ぬやまひろしと葦津珍彦

司馬　わたしは、戦後十年というものはものを考えずにすごした。兵隊から帰ってきて地方の新聞記者になって、それも京都で、お寺という古典的世界と大学という学生運動の場を同時に受けもった。ちょうど鶴見さんが京都大学におられるときです。昭和二十二年（一九四七）の末から二十七年までのことで、朝の十時ごろから夜の七時ごろまで京大のキャンパスにいたというのは、感覚として不思議な体験だった。キャンパスのなかではあすにも革命が起こるかと思えるのに、一歩校門を出ると、まったくふつうの社会にすぎない。キャンパスは期待の次元の社会だったんですね。

くたびれると、西本願寺で半日すごしていた。西本願寺の古い建物のほとんどは桃山時代の秀吉建築の遺構です。そこでは桃山時代のことで頭がいっぱいになって、また京大へもどると、価値があすにまで持続しそうにないそのときそのときの主題で運動者たちが懸命になっていた。この三つの要素がこんがらがって、ものを見る尺度ができあがらずに困った感じがある。しかしできあがらない当惑が、わたしにとって快感になっていましたけれども。

その後、小説を書くようになって、やがて年をとって、そのうち『坂の上の雲』（文春文庫）を書いた。あの作品の縁で、当時、共産党を出されたばかりのぬやまひろし（西沢隆二）氏と知りあい、氏が死ぬまでのつきあいになってしまった。あの人は戦争中十二年も獄中にいたんですね。そのあいだに彼は自分の岩床を二つ見つけている。正岡子規と『万葉集』なんです。それが岩床かどうかは、わたしはいまでもじゅうぶんにはわからないけれど、ぬやまさんにとってはまちがいのない岩床であるらしかった。

鶴見　子規は陸羯南《くがかつなん》に通じますよ。

司馬　ある面は同一人物のように重なっていますね。

彼は獄中に、お母さんから『子規全集』のアルス版と『万葉集』を差し入れてもらって、ほとんど暗記してしまう。ほかに日本音楽にも深い関心をもっていました。彼は土着のものと純化したものがこの二つだと思っていたし、とくに子規の文芸上の革新性と写実主義を政治的に理解しようとしていた。マルキシズムにしても、鶴見さんの言う、その社会の岩床の裏打ちのない普遍性は意味がないというぐあいだったな。おもしろい人でした。

鶴見　ぬやまさんは、少なくともある一点では回顧の次元と期待の次元をきちんと区別していた数少ない人でしたね。ぬやまさんから聞いた話ですが、敗戦後、自分たちの牢屋に、占領軍が「釈放する」と言ってきた。そのとき自分もふくめてみんな腰が抜けたようで、判断の力もなかった。結局、徳田球一が釈放を受けると判断し、みんなそれに従った。そのときに自分は何も言えなかったんだから、当時からわかっていたふりをするつもりはないが、戦後二十七、八年たって、ようやく自分はこう言えばよかったということがわかった。それは、「いや、自分たちはここにいます。やがて日本国民が自分たちを解放してくれるでしょう」ということだ。あとになって、期待の次元と回顧の次元をはっきり区別して証言するのはえらい。その話にすごく感心しましたね。そのように対処すれば、おのずから違う道は開けたでしょうね。

司馬　それはあの人が、革命家としての西郷隆盛はあまり認められない、と言ったことに通じるな。西郷は、幕府が結んだ屈辱的な安政条約に反対した人たちがつくった明治政府の代表であるにもかかわらず、安政条約については何も言わなかった。これは、政治のリアリズムが初めからないところに空中楼閣をつくったのに似ている、と。

鶴見　彼は岩床を見つけることによって、革命をめざした。しかし、ある個人が透徹した見取図をつくっても、大衆の動きがそこまで来なければ革命はできない。その個人が人民寺院のような集団催眠術でもかけないかぎり、むりですね。

革命はむりでも、その岩床が見つかれば、そこに立つことによって、反革命に対して闘うことはできると思う。いまの状態でわたしが少しでもやりたいことは、それです。わたしの考えかたの基本を自由主義と呼ぶならば、その自由主義は、反々革命のかぎりにおいては、革命はいいと思うわけです。反々革命だって、ある種の革命精神がなければもちこたえられないんだから……。

司馬 そうそう（笑）。

鶴見 現在のような状況になると、「保守派」は反革命一色になるでしょう。なんとかして、水野広徳のような、あるいは清沢洌のような反々革命を受けつぎたいですね。

司馬 戦後は右翼という名にさえ値しないような右翼が出てきているんじゃないかな。

鶴見 えらい右翼もいるんですよ。わたしは葦津《あしづ》珍彦《うずひこ》氏を尊敬している。彼は占領時代に、一歩も自分の立場を譲らず、占領批判をしています。

司馬 そういう右翼は一人か二人でしょうね。占領時代は息を詰めるか、占領軍に同一化した。右翼の精神体質が、つよい者にはつよくという意味なら、右翼は占領下でテストされた。いまの日本の右翼は、いったい何をめざしているのかそれがよくわからない。

鶴見 わたしは、葦津珍彦氏の気持ちはわかるんです。社会主義であろうと何であろうと社会のかたちはどうであっても、天皇はつねに日本民族の象徴であってほしい。できれば財産ももたず、無欲の存在でいてもらいたい。それが葦津珍彦氏の立場ですね。それが右翼思想だとすれば、よくわかるし、それに対しては敬意をもっているんです。

司馬　それはおもしろいな。これは前にもどこかでしゃべったことがあるんですが、大連の苦力《クーリー》たちに同じようなことがあるんです。昭和初期、大連の埠頭で働いていた苦力たちのなかに、一人だけおじいさんがいた。そのおじいさんは一日中長いキセルをふかしていて、まったく働かない。仲間の苦力たちがおじいさんの食い扶持を出し合って、働かせないんですね。あるとき、若い日本人の監督が来て、その老苦力を「働け」といって殴ろうとした。そのときばかりはまわりの景色が一変し、全部の苦力が若い日本人を殺そうと、ジリッジリッと寄ってきた。そこへよく事情のわかった年配の日本人が飛んできて、その若い監督をみんなの前で打《ちょう》擲《ちゃく》し、引きずってようやく脱出することができた。そうでもしなければ、その若い男は殺されていたでしょうね。

この話を聞いたとき、わたしは、その苦力というのは聖人――聖人出ずの儒教的聖人です――の存在を必要としているアジア人の原型ではないかという気がしました。毛沢東が出てきたときも、初期には〝聖人出ず〟という感じで受け止められたと思うんです。窮乏と過酷な労働が人間たちをシマウマに近い状態におろしていったとき、シマウマが輪をつくるように、輪のなかに虚ができるのだろうな。その老人を虚の象徴にしておく。葦津さんの抱いている天皇のイメージは、それに近いんじゃないか。

非国家神道

鶴見　わたしは、戦後、偶然のことで二回、広津和郎さんに会っているんです。中央公論の嶋中（鵬二）君のところへ行ったとき、そこへ広津さんが原稿料をもらいにフラッとやってきた。ざっくばらんな人で、金を待っているあいだにこういうことを言っていました。

このあいだまでしばらく入院していたんだが、病室の天井を見ているうちに笑えて笑えてしようがなかった。それは、いま『白樺』の仲間たちが、もう年寄りなのに、自分たちはまだ若く新しいつもりで、どんどん出ていっているということを思うと笑えてきたというんです。それは印象に残っていますね。広津さんは自分の古さを自覚していた……。そこが、わたしの言いたい保守主義なんだ。

こわいのは、戦争中はまったく別なことをやっていたのに、戦後急に、自分でなければと、さも新しさの権化であるかのように、若者といっしょになって出てくることですね。広津さんの姿勢には逆に、自分の古さを自覚し、岩床を探ろうとするものがあった。だから、松川裁判の運動をやっても、そんなに浮き上がらなかったでしょう。そこには、反々革命の一つの道すじがあると思います。そこで掘り当てながら、社会改造をすすめていくべきなんだな。

岩床の一つとして、日本には資源がないという条件がある。戦争をしても初めから勝ちめがないんです。そこのところだけははっきりさせてほしい。周囲の国々と仲良くして、資源を快く売ってもらえるようにすべきなんです。

司馬　わたしは京都の支局での新聞記者時代、毎日、大学で「反戦」「平和」という声を聞かされて、激しすぎることばだと思った。そういうことばを毎日千も万もくりかえして叫ばねばならぬほど、日本に戦争能力があふれているのかと疑問に思ったんです。どんな部分をとっても戦争できる国ではない。基本的に地理的にできない。ソ連は将来はあるいは違ってくるでしょうけど、革命後わずか半世紀でしかないということもあって、人類の歴史でいちばん軍事的防衛力をもつことが好きな状態がつづいている。そのソ連が沖一つの隣にいて、さらには人類の四分の一の人口をもつ中国に隣接し、第二次大戦後、血ぶくれするほどの資本主義的エネルギーをもっていたアメリカも隣にいる。三大勢力の谷の底にいながら、だれが戦争を起こすのだろうと思った。みな幕末の志士と同じで、百姓町人へその点の説明能力を欠いている。

幕末にも戦略論はずいぶんはやったんですよ。安政時代、英仏の脅威からいかに逃れるべきか、ということで、島津斉 彬《しまづなりあきら》や鍋島閑叟《なべしまかんそう》（直正）らがさかんに議論した。その結果、東北の満州、沿海州へ行け……。西南（九州）の諸侯はニュージーランドへ行け、どこそこへ行け。

つまり、これは誇大だということは言う当人たちにもわかっているんですが、酒の上の議論でしか防衛論ができない。しかも百姓町人への説得力がないし、説明しようとする姿勢もなかった。これは偶然にも、大東亜共栄圏なんです。南洋の島々に兵力を戦史上空前絶後に分散して、あとはなんとかなるだろう。兵隊さん——鎮台サンの末裔ですが——は小学校で習ったところではつよいそうだから、といって東京の大本営で待っていた。それがくろうとと称する人びとがやった太平洋戦争の戦争設計のレジメです。戦争ができる国じゃないことがはっきりしているだけに、戦争設計そのものに何のリアリズムもない。

日清戦争に勝ったといっても李鴻章《リーホンチャン》の私軍とさえ言える北洋艦隊と陸は准勇《わいゆう》(軍)、湘勇《しょうゆう》(軍)と叩きあって、あとは李鴻章の政治的利害判断で自らの敗北を認めたというだけだし、日露戦争も七割が政略によってであり、三割の部分は特定の土俵でやっただけで、ペテルブルグを陥したわけでもない。しかし勝ってからの空疎な自己肥大というのは病的なものですね。ともかくも、ものをちゃんと認識したがらない気分というのは、今日までそれが後遺症として残っている。

鶴見　そうですね。精神的な伝統から言えば、非国家神道を探りあてることは重要だと思いますね。戦前の靖国神社や官幣大社を盛り立てたのは、官僚の力でしょう。

司馬　明治の国家神道というのは、それまでの日本的伝統にはないものですね。

「思想？　フーン……」

鶴見　そんなものがなくなったときの、自発的な非国家神道というものは、日本人の精神的伝統としての岩床に近いような気がするんです。

非国家神道の一つの特色は、「思想？　フーン、そんなもの……」という、思想嫌いにあるんです。その思想を重く見ないという思想が岩床に近いんじゃないかな。たとえば、国体明徴とか目をつり上げないで、「人柄がいいなら、マルクス主義者でも何でもいいじゃないか」というようにして、助けてくれる人がいるでしょう。夢野久作はまさにそうなんですね。彼の秘書は共産党なんだ。自分は玄洋社の系統なのに、まったく平気でいる。あれが非国家神道だと思いますね。

守田志郎の『日本の村』（朝日新聞社）という調査を見ると、日本の村では違う宗教や思想をもっているからといって、肉体的に殲滅はしない。それが村の伝統なんですね。これは非国家神道にひじょうによく似ている。重大なのは人間であり、生きていくためには互いに闇討ちはしないという約束を暗黙のうちに交わす。それが非国家神道の源じゃないのかな。

わたしは、長いあいだ自分の立場というものがわからなかったんです。キリスト教でもなければマルクス主義でもない。それらとは「型」が違うんですね。最近になってようやく、自分の考えかたは、非国家神道と呼ぶべきものじゃないのか、と思うようになったんです。

司馬　わたしは、近畿地方の漁村へ、ここ十年ばかり、暇があれば行ってるんです。このあいだ行った淡路島の小さな村でも、八幡様が氏神として小山の上に祭ってある。漁村だから浜辺には、海の神である住吉さんと恵比寿様が祭ってある。それだけでは効き目が薄いとみえて、金比羅《こんぴら》さんまで祭ってある。金比羅の思想がどうのこうのというのではなく、住吉よりも効き目が高そうだということにすぎないんです。いわば金比羅ビタミン剤ですね。あくまでも人間が中心にいる。

わたしは江戸期の平田神道も神道をわざわざ体系化しようとしたという点でいい加減なものだと思いますが、それでも思想に似たかたちはなしている。しかし思想に近くなっているだけ神道ではないでしょう。たとえば、山のなかを歩いていて、ちょっと気味わるく、何か皮膚感覚に来るなというところには、必ずといっていいほど祠《ほこら》がありますよね。

鶴見　あるある（笑）。

司馬　あれなのかな、神道ということばができる前の、そしていまもわれわれがもっている〝神道〟は（笑）。

鶴見　わたしは、正月元旦と九月のお祭りのときに氏神様へ一升もっていくんです。それはわたしがやっている数少ない宗教行事的行為なんだ。これはいいねえ。神主もいなくて、お祭りのときに町内がワァーッと寄り合って何かやる。「思想？　フーン……」というかたちで、人びとのあいだに溶け込んでいるんだ。

これを前近代的だとか言ってとり払うと、残忍なるヨーロッパの思想と同じになってしまう。ヨーロッパの思想は普遍主義と経験的な判断をほどほどに適用することによって、残虐さをいくらか柔らげえていますね。ところが日本の場合は、大学で普遍主義だけをごりごり速成栽培で押しつけてきた。その結果、残忍そのものになると近代人になったような気がして、こん棒をふりまわすような人間が生まれてしまった。

この方向はまちがいですよ。たとえば、神社の森をたいせつにしようということばのなかには、人間が自然と共存しながら、そのそばに家を建てさせてもらうという感覚がありますね。そのように、初めにきわめて具体的なかたちをした、それでいてあまり醇化されていない、あらがねの状態の普遍命題を出す、それが日本の伝統じゃないんですか。

司馬 わたしもそう思いますね。キリスト教について言いますと、神というフィクションを証明するために重厚な神学ができたのであり、やがてそれが哲学を生んだんですね。ところが日本の場合は、谷のちょっとしたところを、自分に祟るんじゃないかと思う人が清めることによって、宗教が生まれた。清めるだけでじゅうぶんに自足してしまう。

鶴見 それが非国家神道だな（笑）。

司馬 どうも宗教的感情は一致したようだなあ（笑）。

元号《げんごう》に話を移しますと、わたしにはなぜあんなに元号に固執するのかわからない。元号は敗戦とともに消滅してしかるべきだったのに、何かの拍子でいままでつづいてきた。だからもう消滅してもいいんです。元号の本家である中国ではもう西暦になってるんですしね。

しいて言うならば、いまの社会ではみんなで昭和ということを共有してきたから、ことばとしてのリアリティーがある。しかし、次に違う年号が来れば、違和感があって変だしそぐわないし、おれのものじゃないということになるでしょう。そういう気分があればもう、年号がなくなったのと同じ感覚なんです。

鶴見　習慣を習慣として置いておけば非国家神道だけれども、官僚が予算をつけて強制するようになると、国家神道なんですね。そこにたいへんな分かれ道があるのに気がついてくれない。日本の思想のいまの争点は、わたしにとっては国家神道対非国家神道の争いです。

軍備の意味をなさない

司馬　年号をつくりたい人は私的につくればいいのであって、法制化してわたしども住民に押しつけようというのは異常な心理ですよ。それは、右傾化の時代だから、ということではなくて、政治論をするだけの手もちの材料が貧困だから、とりあえず元号でも法制化しようかということなんでしょうか。

戦後の日本は経済大国とか言われてますが、他の国に影響を与えるほどの思想をもっていない。もしあるとすれば、「わたしどもは思想なしで、なんとか東京も比較的に犯罪件数も少なくすごしています」ということでしょうか。東南アジアではマホメット教が島々の住民を集めて広域社会化してゆくために必要だった。われわれがそれなしでやっているくふうはこうですよ、ぐらいは言えるかもしれませんね。それ以上のややこしい思想はもたないほうがいいなあ（笑）。

それに付随して言えば、経済大国になったのだから軍備を拡大せよ、という声が内外で高まっていますね。遠い国のサッチャー首相までそんなことを言う。これはいたずらにソ連を刺激しているだけなんだ。ソ連の軍事思想の基本にあるのは、自分の国土が一寸一尺でも侵されるかもしれないという恐怖感覚なんだから、われわれはソ連に対して無害であるという姿勢をつねに保っておけばいい。

こういう地理的条件では、たとえ核をもったにせよ、ソ連には勝てっこない。どういう軍備でも軍備としての意味をなさないし、軍備の増強というのがソ連のあの不思議な恐怖心理を刺激するだけなんです。だから軍備はわずかしかもちませんと、はっきり言えばいいんですよ。ソ連に攻撃されないことが防衛の第一なんですから……。実に簡単で、多くのことばは必要がないんだけど。

鶴見　そう言うことが、戦争時代の遺産をきちんとつぐということなんだけどな。元来、あの戦争は負けるに決まっていたんですよ。いまになって、アメリカが回顧の次元に立って、紙一重の戦いだったなんて……。

司馬　嘘八百もいいとこですね。

鶴見　ニューヨークに住んでいる市民のだれが、日本に負けるかもしらんと思ったのか。それなのにいまになってアメリカが言うお世辞を真に受けて、日本はよく戦った、なんて思って。これが困るんですよ。

司馬　世辞に乗せられて軍備を増強してもむだなんだ。マラッカ海峡を防衛せよという幕末の諸侯論議のような不思議なことを言う向きがあるけれども、そういうアクションを加えることによって起こるリアクションで測りしれない災害を国が受けるということを考えないのも愚かなことです。しかし、あと数年たてば、いわゆる第三勢力の活動が多様になって、米ソもお手あげの時代がくるんじゃないのかな。これはきちんとした理論からではなく、感覚的に言っているんだけれど、予測の不可能な時代が来ると思いますね。

それからもう一つ。人間が多すぎて、母殺し、子殺しがふつうである社会になるのではないか。教育やモラルの問題に置き換えずに、純粋に人口を減らすことが必要ですね。これも一つの岩床だと思うな。

鶴見　二十世紀の哲学のいちばん重要な問題は、人口なんです。スペインのオルテガが初めて哲学史のなかに人口問題を入れたんです。

司馬　ああ、これがいちばん重要な岩床かもしれない。堂々と人口と対決する姿勢が求められる。

鶴見　日本の人口が半分の五千万人になれば、そうとうに住みやすくなるでしょうね。

司馬　なりますね。

鶴見　地価を安定させ、三十歳ぐらいで土地がもてるようにする。そのためには都会への集中を避け、山のなかに住んでいる人には税金をタダにするだけではなく、補助を与えて快適に暮らせるような方向にもっていく。そういった理想像がなければいけないんじゃないか。

司馬　百年河清を待つ姿勢でやれば実現できると思いますね。

鶴見　いま人口増加が止まっただけでもたいへんなことなんです。こんどはそれを減らすんですよ。その方向でいい国になるんだというヴィジョンを、政治家も、国民全部がはっきりともつことですね。そうなれば、世界的な意味では、われわれの生活水準も低くなるでしょうが、第三世界との交流はもっと着実にできる。

司馬　それと、隣人の中国も人口で頭を抱えている。この前まで七億なんて言っていたら、もう十億だ。

鶴見　人口の停滞は、戦後日本のつくり出した、もっとも偉大な思想的達成です。それぞれが自分の暮らしをゆっくりと考え、エゴの利益を見つめた。公のことを考えてそうなったんじゃない。

司馬　子どもが多いほどなんとか食えると考えているインドの人口の増加もエゴだし、中国のそれはのんきすぎるエゴというのかもしれない。人口が極度に少ない国で言うと、モンゴルがある。ヨーロッパ大陸の主要部分ほどの面積に、大阪府ほどの人口も住んでいない。それでも、首都のウランバートルは人口が多くて空気がきたなくていやだという。役人たちはパオに帰りたいといって、夏になるともどってしまう。もっとも生産の基本は遊牧という紀元前の形態で、われわれにとって何の参考にもならないけれども、考えさせられてしまいますね。

停頓《ていとん》の思想

鶴見　渡部昇一氏の『文科の時代』（PHP文庫）という本のなかに、教養は愉しみのためということばがあるんです。わたし、それには感心するんだ。いまはみんなが七十歳ぐらいまで生きるでしょう。年寄りになったときのために、安い愉しみをいろいろ考えるべきなんですね。本なんかは百冊ぐらいもっていればじゅうぶんだ。ゆっくりと何回も同じ本を読めばいいんですよ。そういうことのために大学があるんです。学校を立身出世の道具にすることは、明治の近代化には役立ったでしょうけれども、もうその時期はすぎたんです。

しかし、発展途上国の人びとに対して、近代化を止めなさいと言うことはできませんね。

司馬　またウランバートルの話になりますが、モンゴル人にはカメラをもった外国人を見るのがいちばん苛立つのね（笑）。おれたちには目がある、モンゴル人は全部記憶するんだと……。わたしと同行した人がカメラをもっていたばかりに、酔っぱらい三人にからまれたんですよ。
これは停頓の思想とでも呼ぶべきものだと思いますね。もういまの生活水準で満足している。だから写真機まで欲しくない。彼らの暮らしは、司馬遷が『史記』に書いた匈奴《きょうど》の生活とほとんど同じなんです。それでいいっていうんだ。もし消費文明をめざすということになれば、国情に合わせてゆっくりゆっくり、百年ほどかけてそこまでもっていく。それが停頓の思想なんですね。
停頓の思想は人類にとって一種の塩味になっていると思います。人類は停頓しようにもしないから、そこには停滞をこいねがう心理が働く。それが停滞の思想を生み出したとも言えるね。しかし、その塩味がなければ、人類はめちゃめちゃになっていたでしょう。
日本の場合は、停滞が左翼のかたちをとっている。これはおもしろいですね。もうこれ以上の進歩はけっこうです。公害を出す火力発電所はもうつくるのはよしましょう。石油も買わないですむ生活をしましょう……。

鶴見　ビッグ・サイエンスを批判していますね。

司馬　ビッグ・サイエンスが批判されることなくのさばったら、手に負えない怪物になってしまう。停頓＝停滞の思想は、それを防ぐブレーキとしての役目を果たしている。

鶴見　進歩というのは、より大きなエネルギーを使うことでしょう。より大がかりな機械じかけで、よりエネルギッシュな暮らしをすることは、いまを愉しむこととは違うんですね。だから、それを無限にやっていたら、人類は早めに終わってしまうんじゃないか。

そういう意味で言うと、イギリスはかなり長いあいだかかって、十九世紀の末から退歩の思想を準備してきた。その思想にしたがって、植民地を次々と手放してきたんです。これは日本の人口停滞と同じように、思想的な達成であって、たんに斜陽の国と一言でかたづけることはできない。三大進歩国家と呼ばれるアメリカ、ソ連、日本は、あいもかわらず進歩の幻想にしがみついているんですね。

司馬　中国も漢以来二千年近い儒教という停滞の思想を捨て、日本的な進歩をも参考にしようとしているけれど、それについてさしせまっているのはやはり人口増加の問題ですね。中国の耕地面積は国土の一〇パーセントで、日本より比率は低いんです。そんな国が算術級数的に増えていく人口を養えるはずがない。

これまでの中国ならば、流民が戦争を起こし、互いにすりつぶし合って人口を減らしてきた。それをまたくりかえすかもしれないという恐怖心を指導者たちはつよくもっているし、それを進歩によって食わせられるだけの社会をつくろうとしている。

日本では柳　宗悦《やなぎむねよし》の民芸思想は数少ない停滞の思想の一つじゃないかな。

鶴見　熊倉功夫氏によれば、柳宗悦の民芸運動は歴史的には江戸時代の再発見だというんです。つまり、江戸時代は、停滞の思想を三百年かかってつくり出してきたわけで、いま、そういう意味で江戸時代の見直しがさかんになりつつある。

川添登氏の生活学というのも、江戸時代の理想的なものをわれわれの市民生活のなかに組み込んで、質的にいい暮らしをしようとするためのものなんだ。そこに伝統との新しい出合いがあるんじゃないかな。

司馬　わたし、福井県の人だけが食べていた越前ガニや、山陰の人だけが食べていた松葉ガニを、いまや全国の人が食べているのが不思議でしょうがないんだ。全国の人が食べなくてもいいんですよ（笑）。だからカニの値が上がる。松茸にしてもそうで、ぼくらの子どものときにはなんでもない安い食品だったのが、いまや貴重品になってしまった。

大衆社会のつくりかたがまだまだ下手なんですね。東北に数寄屋造りを建ててはいけないんです。東北は東北で、西日本とは違った独自の文化を育てなければならない。そこから新しい何かが生まれるんです。

鶴見　それはやはり、ある種の保守なんです。それができないのは、保守の契機がよわいからなんだなあ。

司馬　しかし、わたしのおおざっぱな採点では、日本の社会はいい線をいってると思いますね。もともと階級差のほとんどない国だから、猥雑なかたちで大衆社会ができあがった。この大衆社会は、公害やサラ金などのかたちで相互に加害し合い、かなり息苦しくはなってきているけれども、窒息するほどでもない。ひじょうにつよいイデオロギーによる締めつけもない。

代議士にしても、軽蔑に値するような人間とか凡庸の人間がほとんどで、これが、尊敬できるような人がなると、かえって困るかもしれない。

いまの人口でほぼ及第なんだから、人口が半分になればさぞかし、という期待はもってもいいでしょう。要するに社会というのは暮らしのための箱であって、それ以上のものでも、それ以下のものでもない。

鶴見　いまのところはいいけれども、いまある危険と対してゆく気組みもなくてはと思います。

（一九七九年）

「戦後」が失ったもの

吉田満

日本人のアイデンティティー

――今年（一九七八年）、吉田さんは『中央公論』の「経営問題特集号」に「戦後日本に欠落したもの」というひじょうに真摯《しんし》な問いかけの文章をお書きになっている。太平洋戦争が終わって三十三年になる今日、日本は敗戦によって学ぶべきものを学びとる時間と場をじゅうぶんに与えられたはずなのだが、はたしてどうなのか。

吉田さんの問題提起は、「戦後日本がその出発にあたって、抹殺すべきでないものまで抹殺し、存立の基盤であるアイデンティティーまで喪失したことの愚を、その大きな欠落を、われわれ戦中派は黙視すべきではなかった」という一節からも、はっきりとうかがわれるのですけれども、鶴見さんも戦争中のご体験というものにつねに密着しつつ、戦後を見据えてこられた。きょうはまず、吉田さんの提起された問題を一つの入り口にして、いま一度、日本人の戦後というものをお二人に論じていただきたいと思います。

鶴見　おそらく吉田さんの論文には、日本人の抑止力のなさというか、ブレーキがきかなくなる特性に対する憂慮があるような気がするんですね。その点についてはわたしも同感なんです。

ただ、吉田さんの論旨とわたしの論旨が違ってくるのはそれから先で、吉田さんが「アイデンティティーを失った」とおっしゃるときのアイデンティティーということば、その受けとりかたがわたしはちょっと違うんだな。アイデンティティーというのは精神分析から出てきたことばで、「自分らしさ」ということですね。それがより広く、自分たちの仲間である民族の自分らしさになってゆくわけですけれども、その民族文化の自分らしさをよりどころとして、個人の自分らしさをどのようにして確立できるのか、これがアイデンティティーという問題を考えたエリクソンの発想の眼目だったと思うんです。

吉田さんの場合は、民族のなかでの自分個人のよりどころという、エリクソンの問題意識が受け止められていないような気がするんですよ。むしろ、ちょっと横すべりしてしまって、国家としての同一性という地点に早くもってゆきすぎているように思われるわけです。わたしに言わせれば、そこがこの吉田さんの論文の理論上の難点ですね。

わたし流に、もう一度エリクソンの立場にもどしてみると、問題は、日本人が個人としての自分らしさを失ってしまっている点だと思うんです。たとえば、わたしがメキシコで会った中国人の学者がこういうことを言うんですね。「日本人は個人としてどんなによくっても、集団になった場合は信頼できない」と。これは日本人についての妥当な意見だと思うんです。集団として攻め込むとか、残虐行為をするときに、一人「おれはやらない」と横を向いてじっとしている、あるいは人を抑えることのできる日本人の個人というのはきわめてまれです。そのことが重大だと思う。

民族の習俗のなかに、つよい個人を養い育てるものが求められる。どうすれば、そういうものができるかということ、これが戦後日本のアイデンティティーの問題の核心ではないでしょうか。

吉田　確かに、自分で考えてみましても、自分の個としてのアイデンティティーの内容がとても空虚であるという実感がつよくありますね。とくにわれわれ世代の戦争前から戦争中にかけての状態を考えると、自分自身の個としての内容がいかに空虚であったかを痛感したもので、そのことをだいぶ書いたつもりです。

ただ、そのアイデンティティーの内容を充実させるための足場として何があるかを考えたとき、わたしは、世界のなかでの日本人としての場というものが、民族の習俗をふくめてですが、端的に個を動かす一つの場であると思ったんですね。

その場合、いつも思うのは、いわゆる戦前派の世代ですね。戦前派の世代は、われわれよりもっと自分を確立できる時間的な余裕が時代的にあったはずだと思うんです。ところが、そういう世代が戦争中に何をしたか、そして戦後に何をしたかを考えますと、どうもわれわれ以上に自分の個の内容を充実させているとは思えない。そんな気がしてなりません。

わたしなど、学生時代のことを考えると、自分のプライベートな生活というものすらあまりなかった。一つ上の世代なら、とうぜんわれわれにくらべてもっと「自立の生活」というものをもっていてしかるべきだと思っていたが、事実はそうではなかった。やはりわれわれから見て頼るに足らんという気持ちが、戦争中から戦後にかけてつよくしましたね。

おっしゃるように、太平洋戦争のような愚かな破局に追い込まれていったのは、結局、指導者の側にも国民の側にも抑制力がなかったからで、アイデンティティーの確立こそがブレーキをきかせる決め手であったということでしょう。

いま、「夫婦」というNHKのTVドラマが、家庭のなかの両親や嫁、息子などのありかたを描いて話題を呼んでいるんですが、その主人公は特攻経験があるんです。特攻の出撃をして、仲間はほとんど全部死んじゃって、自分だけが生き残ってしまった。子どもたちに背かれ、奥さんも家出してしまい、一人で家にいて自炊をしている。そのときに彼が机の上に、昔の特攻隊の日記とか、仲間の遺書、写真、そういうのを出してくる。このあと、特攻基地に向かって主人公も家出をしてしまう。奥さんは夫の気持ちを察知して、あとを追いかける。そういう筋になるらしいんです。

われわれより若い世代の人は、それが自然な行動だと思うようなんですが、どうもわれわれには大きな違和感があるんですね。戦中派が家庭の問題に行きづまったときに、特攻経験が出てくるというのはどうも違う……（笑）。これ見よがしに机の上に広げてね。ぜったいにそんなことはないんじゃないかと思うんです。もしやるとしても、だれにもわからないようにやる。それぐらいだいじなものなんです。家庭のイザコザの解決なんかとはまったく関係ない。特攻経験は、この主人公が自分の個を確立するギリギリの場だった。自分を否定することによって、アイデンティティーを守るほかなかったんです。

われわれの仲間も大勢見てまして、日本人のどういう知恵で夫婦の危機を解決していくのか、共通の話題になってるんです。

まちがう権利

鶴見　特攻経験と言いますと、ちょうどわたしより一、二年上のところではバタバタッと死んでいるんだけれど、われわれの世代だとわりあいに少数で、それも志願した連中なんですね。ある友人にわたし、志願するのはやめたほうがいいって止めたんですが、なぜかと言われると困るんだなあ……。なにしろほんとうにあからさまに説明すると、こんどは喧嘩になってしまって密告されるかもしれないからね。

彼らはまちがっていたと思うけれど、そのまちがいに対する敬意をもっています。人間にはまちがう権利があるんです。堂々と立派にまちがうことってあるんですよ。人間にはまちがいがつきものだし、自分だってまちがってるかもしれない。そういうときにそれに対する敬意は残りますね。「わだつみ会」の仲間で反戦運動をやっている人ですが、靖国神社の大祭には必ず行くんです。だれが何と言ったって行く。そこはもう無言の行為なんだ。

吉田　そのとき志願した連中の動機は純粋だったと思うんですが、最近になってはっきりしてきたことは、最後に彼らが実に絶望的だったというか、苦しんだということですね。そういう例がひじょうに多い。戦争の前半の時期に、厳しい訓練を受け、また、自分で特攻兵器の企画もし、戦争の全体像がわかって出撃していった連中と、後半になって、ただ敵に精神的脅威を与えるというだけでほとんど成功ゼロに近い確率で駆り出された連中とはぜんぜん違うんですね。遺書なんか、まさに紋切り型とでもいいますか……。純粋な気持ちで、本来なら戦争で死ぬはずはないやつがまちがって志願し、また、そういう働きかけをして、それでいて、いよいよ最後になったときにあれほどむなしかった。彼ら自身がむなしさを直感していたということは、二重にいたましいですね。

そういうことが事実としてはっきりしているだけに、例のドラマのように、そう簡単に特攻経験をなつかしんだりされたんじゃ、とてもかなわんという感じがあるんです。

鶴見　確かに個の内容の充実というか、生きる愉しみを自分でもつ、自足の人になることは重大なことでね。立身出世とか、他人の出世に対する妬み心とかにまったく関係なく平然としている人がたいへん少なくなった感じですが、これがこわい。そういう人がもう一度出てこないと、ブレーキのきく社会というのはできないと思うな。

吉田　しかし、日本の地理的な条件や資源の不足、人口の問題などを考えると、激しい競争社会たらざるをえないということは事実なので、そのなかでおっしゃるような自足の生きかたをつらぬくことは、なかなかむつかしい。そういう生きかたが合わせて生まれてくれば理想的なのでしょうが……。

鶴見　わたしのおやじの世代というのは、たいへんに立身出世主義的で、追いつけ追い越せという感じの人たちだったと思うんですが、その上の世代の人たちのことを考えると意外に落ち着いている。

たとえば、若槻禮次郎《わかつきれいじろう》さんのことを思い出すんですが、戦後、彼を訪ねたことがあるんです。褌《ふんどし》いっちょうの裸のまま玄関に出てきて、部屋に入ってから浴衣に着替えましてね。いまはだれも訪ねてくれないから、時世を憤慨する漢詩を書きつづけているという、その漢詩の反古《ほご》を部屋中に貼ってあるんですね。しかし、わりあい平気で耐えている。わたし、とても好感をもった。当時、八十代、九十代の人に、わたしは仕事で二、三十人会っているんですが、その印象を言えば、やはり幕末というものの気分を知っているから、初め低いところから上昇してまた沈む、それをあたりまえに感じているんですね。

吉田　やはり、それは近代日本の創設期のもつつよさでしょう。アメリカにしてもそうだった。どうもしかし、幕末から明治初年までの世代にしても、個の確立の基盤という点では、やはり、新国家の建設とか、日本人の立場のような感じですね。

勝つことのむずかしさ

鶴見　いますぐに突っ込んでいくと、あまり話がうまくすすまないような気がするので、ちょっと話を迂回させますと、明治三十八年（一九〇五）の日露戦争を負けないで切り抜けたときに、日本の国家の指導者に大きな転換があったような気がするんです。それは国民についても同じことが言えますね。

何だかんだ言われてますが、あのときに、児玉源太郎と小村寿太郎は、ナポレオンもヒトラーもできなかったことを成しとげたんです。ナポレオンもヒトラーも、ロシアに向けてワァーッと攻め込んだが、途中でブレーキがきかなくなって大負けに負けて帰ってきた。ところが、児玉、小村は二人で組んでうまくやった。あのときにいい気になってブレーキを踏まずにいたならば、大負けに負けてたいへんなことになっていたでしょう。指導者側があれだけの抑止力を働かせることができ、また、国民の側でも、日比谷焼き打ちなどで不満をあらわしたにせよ、とにかく自分を抑えることができた。あの相互の抑止力のきかせかたというものは、すばらしいものだと思うんです。

ところが、明治三十八年以降は、幕末からつづいていた一種の指導精神が跡切れてしまった。仕事を成しとげられさえすれば自分は死んでもかまわないというのが幕末の志士とすれば、三十八年以降の元勲は、彼らと同じ人間の皮をかぶりながら中身がまったく違う。名誉や利益についての欲望に抑えがきかなくなり、そういう指導者の姿勢が大正時代の青島《チンタオ》出兵につながっていく。昭和の初めになるともう無茶苦茶で、理性的に考えたら負けるに決まっている戦争まで敢行してしまう。〝ブレーキなしの桃太郎主義〟っていうのかな。これは、敗戦によっても変わらなかったんじゃないでしょうか。

吉田　そういう意味では、明治三十八年までの人間には、つまり、児玉源太郎や小村寿太郎には日本人としてのアイデンティティーがあった?

鶴見　そうとうあったように思いますね。

吉田さんは、論文のなかで「敗戦によって自動的にわれわれが生れ変わったような幻想を持った」とおっしゃっていますが、これにはわたしもひじょうに同感なんです。けれども、「自動的に生れ変わる」ということはむずかしいことですよ。敗戦後、マッカーサーが勝利者の寛大さでいい気になってつくった〝新憲法〟を、何ら疑うことなく国家目標として邁進し、今日の隆盛をきたした。明治三十八年以降にできた〝型〟を敗戦後ももちつづけたということですね。

吉田　確かに、明治三十八年のときはうまく収拾しましたが、その後の歴史はなしくずし的にブレーキがきかなくなったことを示していますね。

少し海軍のことを調べてみたんですが、海軍の組織としての頂点は日本海海戦（一九〇五年）

にあったんですよ。本来、日本海軍は、加藤友三郎《かとうともさぶろう》まで、戦わずして勝つという思想でやってきた。戦って勝つほどの軍備は国力からしてとてももてない。しかしアメリカが攻めてきたときは、マリアナの線で殲滅《せんめつ》できるだけの艦隊をもち、訓練をする。だからアメリカも簡単には攻めてこない。それが日本の海軍としてできるかぎりの軍備だった。それで例の八八艦隊をつくり、しかもその後、自分でそれを削減して、五、五、三という比率に英米の海軍を押え込んだんですが、これも、マリアナの線まで引きつければアメリカを防衛できるという、一種の平衡感覚的なもの、あるいはさっきおっしゃられた抑制力があったからできたんです。ところが、その思想も一度崩れだすとひじょうにもろく、三国同盟(一九四〇年)まで一気に行ってしまう。

だから、太平洋戦争の日本の海軍の敗因は、日本海海戦で立派に勝ちすぎたことにあるという人もいます。当時はあの戦争の勝利の意味するところの理解はかなり正確なものがあったと思うんですが、その後は過大な自己評価だけが残って抑止力がきかなくなってしまった……。

鶴見　戦争に勝つということはおそろしいことなんですね。負けることは犠牲そのものがたいへんだから、状況に押し負けないように生きるということがせいいっぱいの努力ですが、勝った場合、戦勝という大義名分のもとにいろいろな残虐行為が許されるだけに、道徳的な責任が大きくなる。第一次世界大戦にイギリスが勝ち、ベルサイユ条約でドイツに天文学的な賠償金を払わせることにした。そのときイギリスの随員となったケインズが、払えもしない賠償金を押しつけたらドイツはどうなるのか、ろくなことにならないとはっきり言っているんです。マルクス主義者でもなく、急進思想家でもないケインズがそう書いているんです。まさにそのしっぺ返しが来た。イギリスが勝った者としての道徳的な責任を果たさなかったからです。勝ったものは自分の権利を乱用しやすいからおそろしい。第二次大戦に勝ったアメリカは、その勝者の自制力を生かさず、ベトナム戦争に深入りした。アメリカのわずか二百年足らずの歴史のなかでいちばん長い戦争となったベトナム戦争は、アメリカ民族の文化的伝統から言っても、ほんとうに屈辱的なものです。わたしはアメリカで暮らしていただけに、ワシントンへ行って焼身自殺した人間の気持ちがよくわかりますね。

吉田　戦争に勝ったのちに、国民の精神状態がそれだけ弛緩《しかん》するのはどういうことなのか……。

日露戦争後、現象的に見ると、日本の社会も勝利に酔い完全に常軌を逸した状態にあった。それを引き締めたものの一つが、明治四十三年（一九一〇）に起こった佐久間艇長事件と自制力の極限を示す遺書ですが、勝つということはまさに、自分のブレーキがきかない状態に近いですね。

鶴見　明治三十八年までの戦争については、政府はわりあいに国民に知らせていたんじゃないでしょうか。

吉田　そのかわり必死です。まさに国運をかけて……。

鶴見　たとえば、明治十年（一八七七）の西南戦争のときにつくられた「抜刀隊《ばっとうたい》」の歌で、「我は官軍、我が敵は……、敵の大将たる者は古今無双の英雄で、それに従う兵《つわもの》は剽悍《ひょうかん》決死の士」と敵を誉めちぎっているのは、それに対して自分が必死の覚悟で向かっていかなければとても勝てないという、自分を過小評価するリアリズムですが、それだけたいへんだということをもあらわしている。だからこそ、戦争が終わると、明治天皇が自ら命じて西郷を偲ぶ和歌の宴を張っている。一種の抑止力が働いたんですね。

明治二十七年（一八九四）、八年の日清戦争、三十七、八年の日露戦争も、戦っているあいだはひじょうに強力な抑止力が働いていたけれど、三十八年以降、緊張が解けてしまい、国民に真相を知らせなくなった。あのときに政府、有力者が戦争についての真実を知らせることを申し合わせていれば、違った結果になっていたでしょう。が、もはや列強に追い着け、追い着いたという幻想をパーッと国民に与えてしまった。われわれが小学校に入ったときは、もうそうだったでしょう。世界の五大強国を越えて三大強国。それからはもう……。

吉田　ジャーナリズムの世論形成もそういう空気をあおったんでは？

鶴見　そうですよ。日本があの戦争で勝つことはありえないことだけれど、途中に負けない時代があった。当時満州に相当数立派な人が渡ったと思うんです。ところが、勝った、勝ったという気分が日本国内にあったため、その人が満州でどんなに良くやろうと考えても、結局はもうけを狙う政商などにつぶされてしまった。

吉田　昭和三十年（一九五五）代から四十年代にかけての日本経済の高度成長は、戦争に勝った状態と同じですね。ドイツは日本より先に経済成長をしたけれど、ギリギリのところでブレーキをかけていた。日本の場合は、かなり痛い目にあわないとブレーキがかからない。その後さまざまなショックで痛い目にあって、いま、ようやく少し反省するようになったというところでしょう。

吉田茂と石橋湛山

吉田　鶴見さんがアメリカから帰られたのは戦争中ですか。

鶴見　ええ、昭和十七年（一九四二）の交換船です。十五歳から十九歳まで向こうにいました。

吉田　そういう若い年齢で、ああいった歴史の頂点で両方の国をごらんになったということは、ひじょうに得難い経験でしょうね。帰国されてみて、やはり日本という国は異常でしたか。

鶴見　おそろしかったですね。わたしたちの上の上の世代には、批判すべきときにはするという信頼できる人がいたんですが、わたしの同世代とすぐ上の世代はだいたい批判がなかったですからね。

吉田　よりおそろしいのは、戦後、自分が戦争中こういう考えで行動し発言した、しかし、この点はまちがっていたのでその点を反省し、いま、あらためてこういうことを言うんだという、その種の発言がほとんどないことですね。

鶴見　同感です。
　ただ、わたしは戦争中に生じた信頼感というのは残ると思うんですね。たとえばわたしは、吉田茂という人は好きなんです。大磯駅頭で一人傲然《ごうぜん》と立っている姿を見たときは、敬意をもちましたね。だから戦後、わたしはデモばかりしているけれども、〝吉田内閣打倒！〟と言うときは黙っているんだ（笑）。というのも、ほかの人を出したって吉田茂ほどやれるかどうか疑わしいと思っていますから。革新のリーダーに対する不信感があって、吉田茂ほど信頼していないんですね。
　それから、同様の基準で言えば、戦争中から信頼できると思った人に、石橋湛山《いしばしたんざん》がいます。
吉田　石橋湛山を再評価すべきだという声は最近つよいようですね。
鶴見　『石橋湛山全集』（東洋経済新報社）を読むと、明治末の第一巻から実現可能な見とおしを立てています。いまの抑止力の問題にしても、「小日本」という考えかたをとり、中国へ出てゆく考えはとらない。青島出兵には反対なんです。つまり、国内改革で景気をよくするためにさまざまな事業を興す。そういう方向にすすんでいる。日本国内に自足の人が生まれ出るような普通人の文化を高めようと、その立場から文芸評論を書いていますね。戦争中も、日記で、自分の心境は反逆者スレスレだ、謀叛《むほん》に近い、しかしそれは自分にはできないと書いている。ほとんど向こう側に行こうというところにまで感情が高まっていたんです。驚くべき人物だと思います。

吉田　吉田茂、石橋湛山、お二人とも確かに立派なかただと思います。しかし、大部分の人はそう立派にはできないし、またそれでしかたがないと思うのですが、それなら戦後になって、自分は戦時中誤った、それはどういう誤りであったか、いまどの点をあらためているか、それをはっきり言ってくれないと困る。そういう発言のないことが、現在、日本人の抑止力をよわめている大きな要素ではないかと思うんです。

鶴見　そうですね。

吉田　どうして戦後、ああいう偽装、欺瞞《ぎまん》が平然とまかりとおってしまったのか。われわれ戦争体験世代にとっては、ちょっと鬱々《うつうつ》とする問題ではありますね。戦後の若い人たちにとっても、古い世代の連中がはっきりそれを言ってくれていたら、より事態を正確につかみえたであろうと思うんです。

鶴見　とくにいまはもう、そういうことをはっきりと告白したところで地位を剝奪されるということはないんですから。

吉田　一度ごまかしたら、二度とチャンスが来なかったのでしょうね。しかも戦後に立派なこと、つまり戦争中と逆のことを書いている人にそういう人が多いんですね。問題は、自分が戦争中なぜそういうことを言ったのか、たとえば報道班員に駆り出された場合に限ってみても、どこまでが強制された発言かということをはっきりさせる。つまり、自分の本意はこうだったが、どうしようもなくてこう書いたんだという事実を明確にするだけでも、ずいぶん事態は違っていたと思うんですよ。戦争中の誤りをさらけ出すのと、自分の過去にまったく口をつぐんで語らないのと、どっちが恥かしいことなのかどうかという点になると、人によっていろいろな状況があったろうと思うんですが、少なくとも最初のきっかけを逸したらだめでしょうね。

もちろん、あの戦争直後の雰囲気からすると、正直に戦争中の気持ちを告白すれば、かなり叩かれたでしょう。しかし、その問題を今日まですどおりしてきてしまったということは、致命的なことでした。前言に責任をとらないのがもともと日本人の一般的傾向であるにしても、言論界はそこをもっと追及してもよかったのではないかと思うんだけれども。

鶴見　わたしは昭和二十七年（一九五二）まで、自分では戦争責任の追及をせずにじいっとしていたんです。占領軍の尻馬に乗るのがいやでしたし、戦勝者による戦争裁判などというのもいやでしたからね。しかし、そのあと、自主的にやらなければいけないことだという、そういう気持ちはつよいですね。

吉田　なるほど。

宙に浮いた戦争責任

鶴見　結局のところ、敗戦直後の戦争責任の追及の問題が、右翼と左翼の区別の問題にすりかえられてしまった。

共産党が中心になって戦争犯罪の追及をしたでしょう。そのとき、戦後、自分たちの戦列にもどってきた人は追及しないようにしたんですね。そこが問題だと思うんです。共産党に反対する人がだれかを知ることと、戦争責任を追及する運動とが同じになってしまいますからね。ですから、『アカハタ』に載った戦犯の人のなかには、吉屋信子などという人もいるし、反面、鬼畜米英に近い発言をした人でも共産党にもどってきた人は追及されないことになる。

わたしがひじょうに不快な印象をもっているのは、「自由懇話会」のことで、なかなかいい人が入っていたんですが、読売争議があった。すると、読売の社長の馬場恒吾《ばばつねご》を除名してしまったんです。馬場恒吾という人は、戦時中、執筆停止をくった自由主義者で、とてもよいものを書いていた。戦後、確かに彼は反共になりましたけれども、それにしても、自由にものを言うたてまえの「自由懇話会」が、自由の名で馬場恒吾を除名するというのは変でしょう。共産党の反対者は、本来もう言論人としてだめなんだという、思い上がりのようなものがありました。わたしは、共産党ともマルクス主義ともつながりがないし、なんともいえず、それはいやな感じだった。わたしたちが出してきた『思想の科学』にしても、だれそれが共産党の悪口を言うから書かせるなと言ってくる。共産党の機関誌でも何でもないんだけれども、そういう権利があると思っている。よくない時代でしたね。

もちろん、日本の支配者層も、自分たちが戦争協力した事実を隠すことによって、占領軍がとりしまるのにまかせて、なんとか逃げようとした。だけど同時に革新勢力の側も、自分のグループ、党派に入っているかいないかで決めようとしたからね。だから、その戦争責任を明らかにするという課題は担い手を失って宙に浮いてしまったんですね。

吉田　戦争中も自説を曲げなかった人は、ごく少数ながらいたと思うんですね。しかしそれがいかに容易でないかということも、もっとはっきりさせなければだめだと思う。戦争中に戦争に反対をし、あるいは戦争に協力しないというのはたいへんにきびしい、困難なことです。いま、大きな声で「平和」「平和」と叫ぶのとはまったく違います。戦後の若い人たちも、それがそう簡単にできるはずがないということを知る必要があります。

「村」の再評価を

鶴見　日本の国家目標が、戦後すぐマッカーサーによって与えられたものであるにせよ、昭和二十七年の時点で、それらをもう一度日本人が主体的に腑分けして考え直す必要があった。しかし、腑分けをする人がたいへんに少なかったということも言えましょう。

共産党の場合、それが可能だったはずなのに、あまり立ち入らずにすぎてしまった。右翼の場合も、腑分けをすべきであったのに、占領批判をした右翼はひじょうに少ない。その意味でわたしは、当時占領批判をつづけた右翼——たとえば葦津《あしず》珍彦《うずひこ》などは神社の問題などで占領軍と渡り合っていますが——は本格的だと思うんです。そういう右翼は、しかし、十五年の戦争のあいだに少なくなり、結局は政府のおこぼれにあずかるような存在に変質してしまった。葦津氏などは、戦争中から戦争批判をし、占領時代には占領批判をするという一個の右翼思想家ですよね。こうした伝統はきわめて少ない。自由主義者でも林達夫氏など少数に限られていますしね。

吉田　ただ、しかし、占領中、あるいは昭和二十七年の独立に際して、自分なりに国家目標を腑分けして選びとるということは、容易ではなかったと思う。そこまでは要求はしないまでも、わたしはせめて、自分は日本の国家目標をどうとらえて戦争に協力したのか、どの部分がまちがっていたのかという点を告白し、これからはどうあらためるのかということを、自分の場で、あの時点で確認しておくことは可能だったし、なすべきであったと思いますね。

鶴見さん、アメリカという社会は、いま話し合ったような点ではどうですか。過去の発言に対する責任のとりかたというのは。

鶴見　全体として言えば、無節操な部分もありますけれど、アメリカには、日本にはない保守主義というものがあるでしょう。ベトナム戦争についても、保守的な理由から反対する声がつよい力をもちました。保守的な立場からの平和思想、反戦思想というのがありうるわけですね。その伝統の有無が日本との違いでしょうね。

日本でその流派を探すとなれば、しいていえば幕末の田中正造にまで行き着く。庄屋として、六角家の領主と衝突する様子を見ていると、領主が若殿の結婚のために御殿を新築しようとして税金を多くとろうとする。それに対する反対闘争なんだけれども、田中正造はこの村の昔からのしきたりを領主が守ってくれなければ困ると言っているんです。つまり、この村の人たちが暮らせるようにしてくれなくては困る。いま、あなたがた領主がやっているのは村の昔からのしきたりにはない、と。そういう意味では保守主義なんですね。彼の幕末の流儀は確かにおもしろい。しかし、その流儀が日本には一つのつよい流れにはならないできた。

田中正造の流儀から、たとえば青島出兵に反対して、日本が欲ばりすぎている、むしろ中国人がめざめて自主的になるのは助けるべきではないかという保守主義がありうるわけですね。そうした発想が大正時代から起こっておれば、流れも変わっていたのでしょうけれど、日本では保守主義の流れはたいへんに薄かったと言わざるをえない。

吉田　明治以降の日本の歴史がある意味でひじょうに急ぎすぎたために、そうした基礎的なものの育つ時間がなかったんでしょうか。

鶴見　そうですね。熊本戦争のときの谷干城《たにたてき》とか、陸羯南《くがかつなん》とかはそういう流れに属していた。戦後すぐ、丸山眞男氏が「陸羯南論」を書くでしょう。あれは、戦後の進歩思想に対する不信を表明したわけで、その着眼は実によかった。ただ、先ほどから出ている個を生かす場は何かということを考えるときに、戦後の学者たちがそうしたように、それをヨーロッパやアメリカに求めるのは筋違いだという気がします。とくにアメリカは、さらに個を生かす場が少ないと思う。

ホワイトヘッドが晩年の対話録でおもしろいことを言ってるんです。彼は晩年アメリカに住んでいたんですけれど、アメリカとイギリスの比較をしていて、イギリスには奇人尊重の伝統があったという。あの人は「ひとかどの人物だ」というときには、奇人ということなんです。アメリカでは変なやつということになって、奇人は指弾され追放されてしまう。そこが英、米の違いで、だからこの点ではイギリスのほうがよかったと、アメリカで晩年をすごしたイギリス人の彼は言うんです。

わたしはむしろ、日本人が自分の個を確立する場として、明治以前からの日本の村の伝統のほうが、はるかに重要だという気がしますね。

吉田　そうすると、やはりコミュニティーですか。戦後の日本では、村の伝統というものも、地方でさえすっかり薄れてしまった。しかも、別の新しい帰属社会をつくり出すこともできずに、自分のまわりに何かグループを見つけてそこに帰属しようということになっているんじゃないでしょうか。

鶴見　村は、戦後、ひじょうに評判がわるくなっちゃって、村的何々とか、全部わるいものになってしまった。しかし、実際に世界のさまざまな村と比較してみると、日本の村は、水利の慣行を初め寄り合って決めるということがひじょうに多い。それは、玉城《たまき》哲《あきら》の研究でもそうだし、去年亡くなった守田志郎の『日本の村』（朝日新聞社）にも出てくるんですが、日本の村では殲滅戦をしないんですね。あいつはわるいやつだと言って、いろいろな悪知恵を働かせて、ジリジリといやがらせはするんだけれど、ブッ殺してしまうまでの思想的な差別とかはしない。ほかの村へ攻めていって、そこを隷属させることもしないんです。そういう習慣がひじょうに長いあいだ村のなかにあって……。

吉田　それが個人の確立の場になっていたわけですか。

鶴見　そうです。つまり殲滅されないから、少しの不便を我慢すれば自分なりのいきかたとか、自分の趣味というものをとおせる……。

吉田　外国の場合も、歴史的に見て、日本の村みたいなものがかたちを変えて存続しているわけでしょうが、外国の場合には個人としてアイデンティティーの確立ができたのに、日本の場合は、明治三十八年以降それがなくなったということですね。たとえば、外国の場合、コミュニティーといった多少近代化したものでも、日本と違って個人のアイデンティティーの確立を可能にする要素があったんでしょうか。

鶴見　キリスト教というのがありますからね。キリスト教はモハメッド教と並んで殲滅戦をやる宗教なんで、それが普遍宗教になっている。

日本の場合には、普遍宗教は儒教と仏教というかたちで入り、キリスト教もほんのちょっとあるけれど、その受け止めかたが、村のふつうのしきたり本意で受け止めていたと思うんですよ。仏教や儒教は、それにあるていど飾りとしてつけ加えられたんですね。普遍的な教えはじゅうぶんもっているが、自分自身が普遍者だという思い上がりがない――村の思想で普遍思想と受け止めている。それが日本の大衆思想のいい面で、それこそもう、アイデンティティーなんだなあ。

だけど、ヨーロッパの十字軍というのは、自分が普遍者を体現している思想です。ベトナム戦争のアメリカもそうなんだ。

吉田　日本でキリスト教はほんのひと握りの少数者ですから、純粋さはありますが、普遍者にはなかなかなれない。個のアイデンティティー確立にはもちろん有効ですけれど、個人的が内向的になるきらいがある。最近は社会的な発言も多いのですが、受け身の批判ではなく、何を積極的に主張し実現するかが問題ですね。

鶴見　日本では、宗教をあるていどの飾りとして受け入れることのできた村の思想が、明治以後崩れていって、しまいには万邦無比の「国体」思想になってしまった。それは、かたちは日本古来のものだけれど、中身はキリスト教、十字軍の戦争と同じですよ。これがおそろしいんだなあ。その万邦無比の国体を朝鮮、台湾からはじめてアジア各地に輸出しはじめた。

むしろわたしは、明治維新のよき伝統、その民族文化のアイデンティティーをとりもどすことが重大だと思いますね。自分の力を知って、もう少し明治以前の宗教的な伝統のいい部分を自分のなかにとりもどしていく、それで個人が生きるんです。

吉田　つまり、もっと文化的なものに重点を置いた、日本民族の再発見。そういうことになるんでしょうか。

文化の基盤にある思想の点で言えば、わたしはいま、若い世代には戦争中の反省がないじゃないかとえらそうなことを言いましたけれど、じゃあ自分はどうかというと、どうもわれわれ戦中派世代はあまりスッキリした発言ができないんですね。では、戦後の日本を方向づけるほんとうにスカッとしたものは何かといっても、これまたなかなか説得できるようなものがない。

しかし、戦後に颯爽《さっそう》と再登場した戦前派の人たちは、ひじょうに歯切れがいいわけですね。戦争中のことを黙っているわけだからよけい歯切れがいいんですが、そろそろ化けの皮が剝がれかかっている点もある。いまの若い世代の人たちが、その実態をつかんでアイデンティティーの確立に一歩前進し、われわれよりは少しでも進歩してもらわないと困りますよね。

「日本」との新しい結合

吉田　ところで、いまおっしゃった「村」のアイデンティティーとか、自足した人間とかいうとらえかたですが、そのとらえかたと日本人、あるいは世界のなかの日本というとらえかたが、これからの時代に、鶴見さんのお考えではどう結びつくんですか。くりかえしになりますが、わたしは、「個のアイデンティティー」をとばして、国という枠でとらえることに関心があったんです。というのも、たとえ自足の人であっても、これからの時代を生きるには、やはり日本人としての自分のありかたを具体的に考えていかねばならないという気がしてしかたがないんですね。「私」の幸福の追求が、そのまま国の発展につながる高度成長の時代ならともかく、日本の存在が世界のなかで大きなウエイトを占めはじめ、外圧がつよまったいま、日本人としてのアイデンティティーの回復なしには、日本がふたたび世界の孤児となるおそれなしとしないわけですから。

鶴見 わたしは、個人のよって立つ民族の伝統というものがまずあって、その次に国家の問題が来ると思うんです。そしてその次に政府が来るわけですけれども、日本では国というと、いまの政府というふうに短絡して、いまの政府を無条件で支持するところまで行ってしまう。そうではない生きかたが出てこないと、アジアとの連帯などもむずかしいですね。

逆に個人をたいせつにするという気風が生まれて初めて、アジア諸国に対しても個人と個人の交流が生まれ、民族と民族の交流となって、それがおのずから日本という国の評価も変えてゆくことになると思う。

吉田 やはり教育でしょうか。社会教育ですね。アジア人に対する見かたから教えるべしということでしょうか。民族がもっている文化というものを、具体的に若い人が実感としてつかまえられる。そういう機会が増えるとすればひじょうによいことだと思います。ただ、われわれの場合は、なにしろ自分の人生にとっての重大な問題が、日本人とか日本の国とかいう事柄からはじまっていて、その問題が現在まだ解決していないものですから、なかなか民族のほうまで足をのばすゆとりがない感じなんですけどね。

それに、個人をたいせつにする気風が生まれることが、アジア諸国などとの交流の出発になるというお話でしたが、戦後確かに「私」の生活の追求は、われわれの世代にくらべれば格段に熱心になりましたね。しかしそれは、直接には個人をたいせつにすることには結びつかない。「私」の生活を豊かにし充実させるためには、やはり日本あるいは日本民族という公的なものとの新しい関係を確立することが必要だと思うんです。

鶴見　日本という国の将来のアイデンティティーについて言えば、もし、アメリカ流の平和国家の目標が日本に根づいたとするならば、たとえば、自衛隊のなかにも、自分の信念に反する命令を拒否することはとうぜんの権利だと思う人たちが出てくるでしょうし、習俗によってその信念を日本の文化は守るでしょうね。そういう状態が出てきたときに初めて平和国家の目標が根づいたと言えるんですが、いまは戦争に負けたときに平和国家になった、ならされたということが既成事実としてつづいているのであって、自発的とは言えない。そこが困るんですよ。明治以前の村の文化と戦後の国家規模における平和思想とが、ある方法で連続したときに初めて、われわれはもっと安定したかたちをもつと思います。村が現実に亡びつつあるときに、その思想を何らかのかたちで復活させることはむずかしいですが、その方向を未来に求めたい。

それは工業化を捨てるのではなくて、工業化を統御できるような理想で、そういう国になって初めて、別のアジア諸国ともっと活発に、信頼にもとづいて交流できるというかたちになるんじゃないかな。それには、今年一年とか来年の、という目標ではなくて、すごく長い時間がかかるでしょうね。

（一九七八年）

戦後史の争点について——鶴見俊輔氏への手紙

粕谷一希

自由な言論のために

『諸君!』八月号に掲載された吉田満氏との対談〈「戦後」が失ったもの〉を拝読しました。この対談自体、吉田満氏の「戦後日本に欠落したもの」（中央公論『経営問題』一九七八年春季号——それは私の編集者としての最後の仕事になりましたが）を受けた形でなされており、鶴見さんがそれをどう批評されるか、私としてもきわめて興味深かったためであります。

鶴見さんの肉声は昔と少しも変らず、その語り口は、かつて私も経験した数々の場面を思い出させてくれました。省みれば、私の編集者生活の最初の仕事のひとつは、『中央公論』に連載された「日本の地下水」という、鶴見さんと武田清子、関根弘氏と共同の、サークル誌評を担当することでした。またその後、中央公論社版の『思想の科学』編集を三年間、お手伝いすることで、一面ではある種の違和感を感じつつも、じつに多くのことを学びました。鶴見さんが原稿依頼のために、多くの人々に交渉する姿を傍らから拝見していて、そうした語り口を後になって、私自身どこか真似ていることに気づいてハッとしたこともあります。

あれから二十年近い歳月が経ちました。さまざまな事件やさまざまな問題が、鶴見さんとの距離をつくってきてしまいましたが、編集者という立場の拘束から解放されて自由になったいま、『諸君!』編集部から何か書いてみないか、という御好意を受けたとき、最初の仕事として、鶴見さんの胸を借りて、戦後日本の歩みについて、私なりの感想をまとめてみることを思い立ちました。

一編集者として戦後日本の〝言論の自由〟について、想いをめぐらさなかった日はありませんでしたが、〝言論の自由〟が声高に叫ばれるほどには、〝自由な言論〟が豊かな実りを結んではいない、というのが私の実感であります。

異なった立場を尊重しながら、それぞれに自己の主張を貫くこと、敬意と異論とがどうして両立しないのか、という想いが私の変らない歎きであります。本来、言論と行為の批判と対立であるべきものが実体化されて存在の批判・対立に転化し、感情的対立関係に堕してしまうことが、日本の精神風土の致命的欠陥であるように思います。

異論を正面に据えながら自説を展開される数少ない例外として鶴見さんは存在しています。私もまた敬意をこめて公開形式の手紙という形で、いささか鶴見さんへの異論を展開してみたいと思います。まあ、二十年前の『思想の科学』時代と大して進歩もない保守的懐疑派にすぎないのですが、今日のような季節となっては保守も進歩も、義理と人情の行きがかりといった観もあります。それぞれ行きがかりを大切にしながら、本音をぶつけるときが来たように思います。

今日への危惧

吉田満氏の「戦後日本に欠落したもの」は、現在の日本への危惧感に始まり、戦後日本の出発に当って、日本人が日本人としてのアイデンティティを抹殺し、戦前・戦中・戦後へと持続すべき責任の自覚を放棄したことを、戦後日本人の基本的欠落として据え、〝無国籍市民〟としての甘えと国家観の欠如が、今日の国際的圧力という事態のなかで、危機を招いている根因である——ことを指摘されています。

じつは、ここ数年来、私の念頭にもある空しさと危惧が去来していました。それを結論的にいってしまえば、次のような疑念です。

——敗戦によって日本は生れ変ったはずだった。単純化すれば、戦後の歩みは、明治以降の〝富国強兵〟路線を捨てて、〝富国〟の道を歩んできた。けれども路線の違いこそあれ、日本人の体質はあまり変っていなかったのではないか。かつての日本が〝列強に伍して〟軍事大国を実現したとき、すでに破局への萌芽を宿していたように〝世界の先進国に伍して〟経済大国を実現したとき、それ自体稀有な能力の証明なのでしょうが、新しい破局の萌芽をすでに宿しているのではないか。

かつて日本人は軍人の独走を許したように、戦後の日本人も経済人の独走を許してしまった。そのことに関し、世界認識と存在の在り方に責任をもつべき知識人は、またもや自らの無力を証明してしまったのではないか。ある意味では戦後知識人は日本の在り方を批判しつづけてきた。けれどもその批判の在り方が有効性を欠いていたのではないか。敗戦のとき、トータルな自己批判として出発したはずの戦後の出発にどこか視点の欠落があったのではないか。現在必要なことはその欠落を確認しながら戦前・戦後を通して変らない日本人の行動様式を探り出すことであり、その体質を変えてゆかねばならない、もしくはその体質を抑制する方法を探ってゆかねばならないのではないか——

ということです。


吉田満氏のエッセイを受けてなされた対談は、それ自体きわめて面白く、鶴見さんの発言のなかで、明治三十八年転換説、ブレーキなしの桃太郎主義、吉田茂と石橋湛山《いしばしたんざん》、戦後における戦争責任、日本の村の再評価、民族・国家・政府三段階説等、共感できる指摘を数多く発見することができました。

けれども旧知の同世代としての共感からか、お二人の紳士としてのマナーのよさからか、共通点の確認の方に力点がおかれて、行間から漠然と読みとれる相違点の確認と展開になっていないように思われます。それも日本人の美徳なのでしょうが、それぞれが戦後に歩んできた歩みに即して、相違点を確認しながら真の共通認識を形成してゆくことが、戦後日本を決定的な破局に至らせないために必要のように思われます。

戦争体験とその意味

同世代の戦争体験といっても、吉田氏と鶴見さんでは微妙にその意味が違っているように私には思われます。

戦後日本の出発にあたって、新しい方向性を与えた知識人は、半ば当然のことながら、戦争に対して批判的立場を堅持されていた方々であり、また戦争の被害者でもあった世代の人々でした。戦前の社会主義・マルクス主義体験を、何らかの形で温存しつつ戦時下をくぐってきた第一次戦後派や『近代文学』の人々、あるいは戦前のアメリカ留学を通して、彼我の比較を実感として客観化できた『思想の科学』の人々でした。

その一人であった鶴見さんの意識は、同世代としてはむしろ例外であり、きわめて進んだ意識を、戦争中から持つことができた幸福な立場であったといえるでしょう。そうした立場から、対談のなかでも語っておられるように「特攻志願は止めた方がいい」と、はっきり忠告できる視点をもっておられたことです。私自身も、先輩たちの中で、「こうした愚劣な戦争なんかで死ぬべきでない、絶対に生きて帰ってくるんだ」と公言していた学生のあったことを聞いています。

ただこうした〝先見の明〟をもたれた少数の例外を別とすれば、きわめて多くの人々・青年学生たちは〝国のために死ぬ〟ことを選びました。それは戦争に積極的意義を認めた人々だけでなく、懐疑的な人々、批判的な人々の大多数も、義務として国のために死んでいったのだと思います。

『戦艦大和ノ最期』という象徴的な作品を書かれた吉田満氏の場合も、義務としての死を覚悟し積極的に戦闘に参加された立場にあったと思います。敗戦直後、一日にして書き上げられたという『戦艦大和ノ最期』は、簡潔にして緊迫した行文の中に、一種不可思議な作品世界を構成しています。帝国日本の結晶としての〝大和〟の最期を描いて、それは民族の鎮魂を唱い上げていますが、そこには吉田満氏個人の記録という次元を越えて、古代にあった口誦伝承や巫《み》女《こ》の祝詞、中世の戦記物語をうたう吟遊詩人の意識に近いものを感じさせます。いまにして考えると、これは日本民族の敗亡を唱った共同体の文学ではなかったでしょうか。

その『戦艦大和ノ最期』は、戦後の進歩的雰囲気のなかで、戦争肯定の文学であり、軍国精神鼓吹の小説であると批判され、占領軍によって（ということはその周辺の日本人によって）発禁処分に附され、吉田満氏はながく沈黙をまもり、日銀勤務という実務家の道を選びました。

この〝国のために死ぬ〟行為に、一定の道義的評価を与えなかったところに、戦後日本の出発点での過誤があったように思われます。

私たち多少下の世代から眺めていますと、戦後の論理には、〝醬油を飲んで徴兵を逃れた〟、いってみれば醬油組の天下といった風潮がありました。『きけ　わだつみのこえ』の編集方針も、意識的に反戦的学生の声だけが集められました。愚劣な戦争に駆り出されて無駄な死を強制された。だから二度とこうした戦争を起させてはならない。もう『僕らは御免だ』、ドイツの戦没学生の手記も訳されて、戦後の反戦感情・反戦運動は盛り上げられてゆきました。それは半面では正当に思われました。けれども微妙なところで、何かエゴイズムの正当化といった作為的な思考のスリカエがあるように思われて、当時から私にはなじめなかったことを記憶しています。

私自身、戦争中次のような経験をもっています。昭和十八年の秋だったでしょうか。大人たちの眼をしのんで軟派学生たちが学生演劇をもくろんで集っていました。稽古の終ったあと、一人の先輩がつぶやくように、また、一座に問いかけるように語り出しました。

――この戦争はまちがっている、俺は前からそう考えてきた。しかしその戦争に引張られて死ななければならない。この矛盾に随分悩んできた。しかしこの頃、やっとひとつの結論がでた。まちがった戦争ではあっても、義務として征き、義務として死ぬ、それでいいんだ、とね。
一座は長い沈黙に陥り、ついに賛成の声も反対の声もなく散会になりました。たまたま同席させられた中学一年生の私は、先輩たちの頭上にのしかかっている重圧だけは実感できる気がしました。もちろん発言した先輩もまた、その結論に最終的に納得したかどうかは別です。ただ、そのように自分を納得させようと努力していたことは事実です。

本来、献身という行為を抜きにして道義が成立するとは思えません。献身の対象は時代の変遷により社会の変化によって変ることでしょうが、己れを犠牲にして公共のためにつくすところに道義が成立することに変りはありません。問題は公共性をどのような構造として捉えるかにあります。

太平洋戦争はたしかに帝国主義戦争の一面をもっていました。またそれは軍国主義支配の一環としての戦争であったことも事実です。けれどもまた、明治維新によって成立した近代国民国家・近代主権国家の延長としての戦争でした。国民は徴兵令の下にあり、国家は交戦権をもっていました。国民は〝一旦緩急アルトキハ義勇公ニ奉ジ〟たのでした。祖国存亡の危機に際して、国民がとくに青年たちが身命を賭したのは、軍国主義のためでもなく帝国主義のためでもなく、共同体としての民族のための死ではなかったでしょうか。

もちろん、二十世紀の一部の優れた思想家たちはこうした倫理を越えており、コミュニストたちは異なった世界観をもっていました。第一次世界大戦という全面戦争を身をもって体験したヨーロッパ人と、はじめて全面戦争を経験する日本人とでは、大きな意識の差もあったことでしょう。

けれども、第二次大戦終了まで世界を支配していたものは、明白に国民国家・主権国家の論理であり、その近代国家は、人間の〝自由と秩序〟〝安全と幸福〟の基礎的単位だったのではないでしょうか。

核兵器の出現は、〝政治の延長としての戦争〟〝戦争という手段を通して実現すべき目的〟に根本的疑問を起させ、主権国家の論理を問題視させました。しかしまさに核兵器出現以前は、戦争という手段、主権国家の論理は国際的に通用していたのであり、〝国のために死ぬ〟行為は、日本人の専売特許であったわけではありません。

敗戦の八月十五日、『近代文学』の同人のひとりの方は、「腹の底から笑いがこみ上げてきた」そうです。その感情に嘘偽りあるとも思いませんし、その世代の批判的グループの実感として、それ自体を非難する気は毛頭ありません。軍国主義による十五年戦争の終り、それからの解放という意味で喜びに価いする日であったでしょう。日本人の誰しもが、あの詔勅を聞いて、内心ホッとしたことは事実なのですから。しかし八月十五日は他面においてやはり日本国家の敗亡として、民族としての悲しみだったのです。

戦争のために死んだ二百五十万の死者たちを祭ることが、その死の意味をもう少し掘り下げて考えてゆくことが、日本人の共同の行為としてあってよかったと思います。

戦争に批判的たりえなかった人々は、戦後になって〝先見の明〟のあった人々から多くを教わりました。逆に〝先見の明〟ある人々は、自らの解放感を抑制して〝国民国家の論理〟に殉じた人々の道義的意義を限定的にもせよ評価して進んで葬儀に参列することが必要ではなかったか。戦後日本の進歩思想が一定以上の影響力をもてず、日本人の心理に深い亀裂をつくっていった第一歩は、ここにあるように思われます。

鶴見さん御自身は、進歩思想の中に身をおきながら、全く異なった発想と行動様式を取られた方ですが、戦争中にすでに戦争の結末を見通され、戦争遂行に懐疑的であった点では、義務としての死を覚悟して積極的に戦闘に参加していった吉田満氏とは、かなり戦争体験の感じ方がちがうと思われます。

私が申し上げたいのは、その体験の感じ方の背後には、近代国家国民・主権国家観の相違があるのではないか、ということです。

戦後日本の社会と国家

八月十五日の事態が、無条件降伏による敗亡の悲しみと、戦争終結と軍国主義支配からの解放の喜びという両義性をもっていたように、占領という事態もまた、幸か不幸か、民主化・近代化の推進者という意味で、占領軍は占領者であると共に解放者でもありました。このことが日本人の国民としての自立性・主体性をどれだけ阻害してきたことか。占領状態が終ったのちもながく、自らの判断と能力で自立決定する機会をもつことができず、また自らの手で抑制しあるいは解放することの困難さを実感できないできてしまいました。

明治の日本人は、よかれあしかれ、欽定憲法に基く天皇制国家という自前の帽子をかぶりました。それに比べると、戦後の日本人は、占領軍が究極的な国家権力と国家機能を代行していたわけであり、占領状態が終ったときにかぶせられていた象徴天皇制と平和国家という帽子は、何ら試されたことのないシロモノでした。

この点に関しては、鶴見さん御自身、今度の対談だけでなく「知識人の戦争責任」(一九五六年)以来、指摘されているとおりだと思います。

この出発点での欠落は、戦後日本人の歩みと社会意識に微妙に影響し、吉田満氏が〝無国籍市民〟〝国家観の欠落〟と指摘しているような事象とつながっているように思われます。

第一に、戦後日本人の生活目標として「私」の追究が優先したこと、このこと自体はきわめて明るい話題であり、明治維新以来、過大な国家目標の下に、「私」を極限された状態、とくに戦時中、〝滅私奉公〟のスローガンの下に、「私」が罪悪視された状態への反動として、「私」が自由に解放され、恋愛から始まってあらゆる利益と欲望の追究が、戦後の巨大なエネルギーの解放となったことは明かな事実です。日本歴史上、安土・桃山時代と戦後を日本人のエネルギーの二大解放期として捉える説に、私も賛成です。戦後日本人は初めて、晴れて自由に〝幸福〟を追究することができたのです。

けれども、家族よりも個人を、村落の共同性よりも個人を、といった個人のレベルだけでなく、企業活動・労働運動・住民運動・平和運動といった集団レベルまでが、「私」の論理に終始する限り、エゴイズムの主張は、個人間・社会間の緊張をたかめ、社会的紛争が万人の万人に対する、果しなき闘争状態を現出することは、見易い事実です。

自己に対して他者を発見すること、自他の折り合いをつけ共通項を発見することで、一段階高い公共性をつくってゆくこと、そうした行動様式を論理としても手続きとしても、習熟しないいまま、今日まできてしまったこと。

それは達成された自由と幸福の代償であり、ある人々が心配するように、この「私」を抑圧することに賛成する者はいないでしょう。ただ抑圧ではなく抑制の作法を身につけない限り、国際的圧力は増大してゆくばかりでしょう。

第二に、日本人を破局に追い込んだ国家主義に対する反動もしくは反省から、国家主義への警戒心が国家という存在もしくは権力自体の否定に傾きがちなこと、国家よりも社会を、という論理が強力となっていったことです。そのプロセスは半ば当然のことであり、国家に対する社会の強調は、一元的な独裁国家を防ぐために重要なことであり、多元的社会と多様な価値の豊かな発展こそ自由を保証するものです。その点に関し戦後の日本は、西欧・アメリカ並みの達成度をもっているのではないでしょうか。

現在叫ばれている中央政府に対する自治体の自立と強化も、連邦制の主張も結構だと思います。けれどもそうした自由と多様性・多元性を制度的に保証するものも国家なのではないでしょうか。私はむしろ〝安い政府〟の信奉者であり、計画化・統制化による〝巨大な政府〟の出現に反対な方です。ただ国家機能の強化ではなく国家機能の認識の深化が必要なように思われます。

新聞・雑誌に氾濫する〝反体制〟〝反権力〟という言葉は、国家を不可触《アンタッチャブル》な存在悪と見なし、それへの抵抗がおのずから社会正義の実現となるような錯覚を与えています。自由で平和な国家を批判しつつ形成してゆく発想と論理がなぜ生れてこないのでしょうか。

繁栄のかげの亀裂と頽廃

敗戦と占領という基本的事実が相矛盾した両義性を含むことで、国家イメージの混乱をきたしていることを見てきました。

けれども敗戦直後の何年かは、混乱と貧窮のなかにあって多様な可能性が模索され、日本人の抱くべき理想との関連で、古典ギリシアが、ルネサンスが、キリスト教や実存主義が、プラグマティズムやマルクス主義が、その偉大さに即して議論され、理想やヒューマニズムが、青年にとって明日の糧として語られました。あの熱気に満ちた混沌はどこへ行ってしまったのでしょう。

可能性の模索が自然の発酵と熟成を待たずに断ち切られてしまったのは、やはり急速に進展していった東西冷戦の激化にあったのでしょうか。占領を終えてやっと日本人の自立的思考が始まろうというその時に、朝鮮戦争という熱戦が、日本人と日本社会そのものに深刻な亀裂を生みました。戦争犯罪者のパージの波は完了もしないうちに追放解除へ、さらにレッドパージという逆の波が押し寄せました。

鶴見さん御自身評価されているように、戦後日本の保守的自由主義者で、評価すべきは吉田茂と石橋湛山だと私も思いますが、その吉田茂と南原繁の講和問題をめぐる〝曲学阿世《きょくがくあせい》〟論争がシムボリックに物語るように、政治家と知識人の関係は急速に硬直化してゆきました。実務家たちは朝鮮戦争を〝天佑《てんゆう》〟として経済復興に専念してゆき、知識人はアメリカと一体化した保守政権を、トータルに存在否定して、人民戦線と社会主義に傾斜してゆきました。肉体と魂が完全に分裂したのです。

明らかにあの時点で、日本経済と経済人は節度と倫理を失う第一歩を踏み出したのかもしれません。しかしその後でも、もし石橋内閣が実質的に何年か続いていれば、戦争責任者・岸信介が政権の座につくこともなかったでしょうし、自ら言論人であった石橋湛山なら世論との対応で異なった態度をとったでしょうから、六〇年安保騒動はなかったかもしれないし、あってもああしたエスカレーションはなかったかもしれません。

また高度成長に関しても、実直ではあっても凡庸な池田勇人首相とちがって〝月給二倍論〟といった散文的で卑俗なスローガンとしてでなく、もう少し経済が政治的理想と結びついて説かれたことでしょう。

けれどもまた、知識人の側も、講和条約反対から六〇年の安保闘争まで、平和という顕教と社会主義という密教の二重路線を直線的に進んでしまいました。その中心にあった清水幾太郎氏が、自らの自己批判を含めて（と私は解釈しますが）『現代思想』で説かれた内容は、そのまま日本の五〇年代にあてはまると思うのですが、いかがでしょう。清水氏の転向を非難することで『現代思想』を黙殺することはフェアでないと思いますし、それと無関係な形でも問題の討議は必要のように思われます。鶴見さんの「自由主義者の試金石」(一九五七年)に感動しつつも、リベラル左派の共産主義者との合作という一点に、私は終始、悲観的懐疑的なのです。

戦後日本の保守体制は「私」の論理の拡張のなかで節度と抑制を失い、日本人を納得させる公共性を獲得しているとは思えません。同時に、革新陣営もまた社会主義の論理と運動のなかで挫折し、日本人を納得させる公共性を形成していません。私には戦後の日本人は、自らのものとしての国家を公共の場として、まだつくりえていないように思えます。

占領状態の拘束から、徐々に自由と独立をかちえてゆくはずの日本が、朝鮮戦争という国際的危機を〝朝鮮特需〟にスリカエて経済復興にはげみ、六〇年安保という最大の国内対立を、経済成長にスリカエていったとき、富国という国家目標の内実は、きわめて貧弱なものとなり、直面すべき課題からの逃避の性格をもったように思います。

市民の論理と国民の論理

戦後日本の進歩思想が到達した最終的理念は、〝市民〟の観念であったように思われます。市民意識の成熟、市民社会の確立は、敗戦直後からの中心命題でしたが、六〇年安保に際して、岸信介首相の行なった強行採決を国家権力の濫用と考えた人々は広汎《こうはん》であり、それへの抗議として盛り上った大衆行動のなかで、『思想の科学』は、〝市民としての抵抗〟を特集し、久野収氏は「市民主義の成立」を、鶴見さんは「根もとからの民主主義」を書かれました。六〇年安保に結集したエネルギーが去っていったとき、革新陣営は直線的な中央突破をあきらめて、〝農村が都市を包囲する〟命題に学んで、生活に密着した自治体攻略を考え、革新自治体を次々に成立させながら、〝市民主義の論理〟を深化させてゆきました。

カントからマルクスまでの西欧思想を背景とする近代的市民の観念は、日本に開かれた社会を根づかせ、世界と普遍を志向する意味で貴重なものだ、と私も思います。日本のナショナリズムが偏狭なものになることに対しても、社会主義がスターリン主義化する場合にも、市民的権利の主張はひとつの有力な抵抗素となることでしょうし、世界を文明開化してゆくことは、まさに人類を市民化してゆくことだと思います。

問題は、もっぱら市民を権力への抵抗の主体として捉えていることです。けれども市民自治・市民共和という場合には権力の形成者でしょうし、市民的幸福の追究は政治の委任、間接民主主義なしに実現できないのではないかと思います。また古典的市民社会に対して現代が大衆社会的性格をもっているとすれば、安定した財産とプライバシーの擁護者としての市民像は、大衆運動に参加してゆく市民像とは矛盾もしてくるのではないかという疑問をもちます。

吉田満氏が無国籍市民として抽象的に批判している対象には、それなりの存在理由があり、私はその積極的意義を認めるものです。けれども吉田氏が指摘するように、市民の論理が、国民と国家の論理を否定する形で展開されていることが問題なのです。

市民が普遍と世界を志向する空間的観念だとすれば、国民は個別と歴史を志向する時間的観念ではないか。市民は文明と結びつき、国民は文化につながります。市民が理性的要請としての仮説的観念として、人権や人格と類縁関係にあり、国民は歴史的伝統として人間を具体化し血肉化するように思われます。

国民的統一と国民的独立による国民国家の形成は、近代史の中心命題でしたが、現代もまた世界がこれだけ狭くなり一体化しながら、国家を越える共同体の形成に成功していません。市民は国民の対極概念として牽制作用をもちますが、国民を否定できる包括性をもっているとは思えないのです。

鶴見さんは対談では、市民とか国民とかいう言葉を注意深くさけて、〝村〟の再評価という日常的・伝統的存在からの出発を主張されました。同時に民族と国家と政府の三つの層の存在を指摘されました。まさに国家という観念はこの三つの層から成るというのが、政治学の古典的観念だといわれます。

(1)民族共同体としての国家
(2)体制としての国家
(3)政府としての国家

鶴見さんは日本の保守派が、政府と国家を同一視しがちなことに危惧をもたれていますが、保守派は日本の進歩派が、政府や体制を否定することで、トータルな国家否定にいたることを危惧しているのです。どちらも虚像におびえている面がないとはいえません。政府を批判し場合によっては倒すこと、さらに体制としての国家を変革することの正当性を確認しながら、他方で民族共同体としての国家の、同一性、持続性を確認しながら、論議は展開されるべきでしょう。

ここまで書いてきたとき、『朝日ジャーナル』が〝「戦後」を否定する風潮の中で〟という特集を組んでいることを知りました。〈戦後日本に欠落したもの〉とか〈「戦後」が失ったもの〉という表現が、あるいは〝否定する風潮〟のなかに入っているのかもしれません。

けれども誰しも戦後を否定することを考えている者はいないでしょう。戦後に生きたすべての世代が、戦後民主主義と豊かな社会の受益者であり享受者なのですから、問題は今後への危惧感から戦後を補強することを考えているにすぎません。

エゴイズムの全体化としての経済大国は、脂肪質の過剰のなかで自滅する危惧を抱かせます。しかし経済大国の位置を確保するために防衛大国を、ではあまりに情けないと思います。私は非武装中立を採りませんが、核武装を含めた重武装に強く反対であり、列強のパワーゲームを冷静に認識しながらも、ゲームのプレーヤーに極力ならないこと、無様であっても降りていることを熱望するものです。

保守も進歩も、なんらの幻想をもてなくなったいま、国民の強調が危険を招くのか、市民の強調が甘えを招くのか、行きがかり上のアクセントの違いはあっても、ファナティックな相手の否定は、サメた若い世代の共感を得られないでしょう。
問題の中心は政治を越えて文明へ、社会を越えて文化へと移行しつつあるように思います。自由な言論の中心もそこへ重心をかけてゆくべきだと思いますがいかがでしょう。

（一九七八年）

戦後の次の時代が見失ったもの——粕谷一希氏に答える

鶴見俊輔

現代把握の手がかり

しかし、たとえあの戦争が〝悪しき戦い〟であったとしても、あの戦争と敗戦こそが今日の日本と私たちの生き様を創り出した根源ではないだろうか。

手にとった雑誌の中でこの一節を読んで、おなじような感じかたを今ももっている人がいるなと思いました（多田実「学徒出陣三五年に想う」『世界政経』一九七八年夏季号）。それが、第二次世界大戦をくぐった人だけにとどまるとすれば残念ですが、そうでもないという気もします。

このごろは、家にいて、テレビを見ることが多いので、朝のＮＨＫの連続ドラマをずいぶん多く見ました。「鳩子の海」、「水色の時」、「雲のじゅうたん」、「いちばん星」、「風見鶏」、

「おていちゃん」など。

そのどれもが、戦争の十五年を中心において、一つの構図をつくっています。私たちの時代は、この十五年をよそにすると、まとまりができないのでしょう。

朝の連続ドラマを見ている人びとが、敗戦後三十三年たった今、戦争の記憶をもっている人ばかりだとは思えません。そういう人のほうがすくないかもしれません。

朝の連続ドラマではなく、毎日曜の一年とおしのドラマのほうでは、忠臣蔵もありましたが、それとならんで明治維新ものが多いようです。今はっきりと数でくらべることはできませんけれども、あつかわれた時代としては、明治維新が一番多いのではないでしょうか。

ということは、明治維新という事件をかこんで、日本人が今の日本について考えるという、一つの共同思考の型ができているということでしょう。ここでも、明治以後に主な関心をもつ人は、国家の今ある形を分るという方向にかたむきやすく、幕末の動きに主な関心をよせる人は国家をつくるもとの社会運動をつくるという方向にむくという、わかれかたがあって、おなじ事柄をかこんで、対立する関心を語るという機会があります。

明治維新を体験した人は、私たちのあいだには、もうほとんどいないと言ってよいでしょう。それでも、明治維新のことに興味をもってもう一度それをとりあげようというのは、そこに現代を深くとらえる手がかりがあるからで、昭和の十五年間の戦争も、おなじように、体験のあるなしをこえて、今のところ、私たちの現代把握の手がかりとなっているように思えます。

明治維新劇は、どういう国家を私たちはつくり得たか、という問題を私たちに投げかけ、昭和十五年戦争劇は、その国家の制度をどのようにいきて破局にいたったか、という問題をさしだします。二つの劇はつながっていると言えます。

十五年間の戦争を中心において、私たちの現代を考えようとする時、私には、かなりちがう人と一緒に座をくんでみたいという気分があります。おなじ立場のものだけで、十五年戦争を中心に考えることが、かならずしも有益とは思えません。

吉田満氏の『戦艦大和ノ最期』を読んだのは、米軍の占領が終ってしばらくしてからのことで、占領下にかくされていた考え方にふれて感動しました。

十五年戦争のとおりかたとして、吉田満氏が、自分の乗っている軍艦の沈没という、私などよりはるかにはげしい出来事にぶつかっているという事実に敬意をはらっているのではありません。出来事のはげしさによって軽重をきめるという論理からすると、ともかくもあの戦争をくぐった体験のあるものにたいして、戦争をくぐったことのない若い人たちは敬意をもつべきだというような、戦中派の思いあがりにまで行きついてしまいます。

私が吉田満氏に敬意をもつのは、吉田氏のほうがおなじ戦争について私よりも深いとらえかたをしていると思うからで、この判断は、吉田氏と私とがあの戦争について、そしてまた戦後の日本の進路について、かなりちがう意見をもっているということをこえて、私の心に残っています。

吉田満氏との対談の機会を本誌（『諸君！』）からあたえられた時、私がすすんで応じたのは、二十数年来の敬意からでした。

国家批判の力

吉田氏と私との対談の争点は、「アイデンティティ」という言葉の使い方のちがいをいとぐちとしますけれども、それは一つのいとぐちにすぎず、それをとおして、私がはっきりさせたかったのは、国家批判の根拠は何かという問題です。

すでに『戦艦大和ノ最期』に書かれているように、記録中の臼淵大尉は、自分たちが戦争遂行上に無益な死をとげることをとおして、国家批判を後の世代にゆだねます。そこには支配者への反逆はなく、支配者への諫争《かんそう》の臣としての意思表明があります。

その諫争の志を、敗戦後の今日も、支配者にたいして保ちつづけることが必要です。しかし、ここでも、諫争というのでは十分ではないのではないかといううたがいも、私の中にはあります。「アイデンティティ」（エリクソン）という言葉にもどると、これはもともと自己同一性というところから来ています。自分自身としてのまとまりをもって、今日の状況を新しく切りひらく姿勢には、この自己同一性が必要です。それは、自己をとりまく集団としての民族の自己同一性というところまでひろげて考えることもできます。民族の自己同一性をうしなわずに、敗戦と敗戦後の状況をどのように生きるか、という問題が、日本の戦後思想の重大な問題となってきました。この場合、日本民族の自己同一性が、そのまま、日本国家の自己同一性ではないということ（両者は関連はありますが）、それをつよく主張したいのです。さらに、日本民族の自己同一性は、そのまま現政府の自己同一性ではないということもはっきりおぼえておきたいことです。その区別の中に、日本国家批判、日本政府批判の根拠があります。

このように考えるならば、粕谷さんが私を含めての戦後の市民主義者たちについて批判されるような、無国籍の市民性という観念をよりどころとして現実の存在としての日本政府を批判してゆくのとは、ちがう道がひらけます。

もともと、私、あるいは、私とつきあいのあるこの土地の誰かれ（これが、私の考える意味での市民です、住民といったほうがよいかもしれません）が現実性のない観念で、政府のほうが現実性のある観念だという考え方には、うきあがったところがあります。

魯迅友の会編『追悼　竹内好』（一九七八年）を読んでいると、丸山眞男氏の談話の中に、「人類ってのは隣りの熊さん八っつぁんのことをいうのだ」と言った内村鑑三の言葉が出ていました。丸山氏によれば、「熊さん八っつぁんは同村の人だけれども、それを同時に、またナチュラルに人類の一員として見る眼」だそうです。丸山氏は、この内村のとらえかたと同質の感じかたを竹内好の中に認めています。「どこにでも、同じ人間が住んでいると思えばいいんだよ」という竹内好の言葉がひかれています（丸山眞男氏に聞く「好《ハオ》さんとのつきあい」）。

自分自身、そして自分たちのつきあっている人びととを世界にちらばっている誰彼と世界にちらばっている人びととをむすびつけて考えるこの考え方の中には、地域が世界にむすびつくという、逆説的な構造があって、観念の順位としてはけたはずれのように思えますが、そういう感じ方が、私たちの中に自然にそなわっており、それが観念的なものとは思えません。土地の文化から世界の文化にむかう、この動きは、私たちの日常生活のリズムの中にあります。それは、世界国家という架空のわくの中で考える種類のコスモポリタニズムと向いあうもう一つのコスモポリタニズムの芽です。

国家をどのようにして批判できるか。それは抽象的な問題ですが、それは具体的には、現政府がきめてしまったことを、根本から批判する力をどのようにして私たちは自分の中につくることができるか、という問題に集中的にあらわれます。

それは、論証の前提として、政府がきめたことはそのまま何でもうけいれる他ないという考え方とは別の考え方を、つちかうところからはじまります。

そういう政府批判の力が必要だったのは、日本による中国侵略のおこる一九三〇年代においてのことであって、今はもうそういう時ではないと、今の政府をになう人びとは思いたがっているようです。それは、権力をもつ側の自然な反応でしょう(それに人工的抑制をくわえてほしいものですが)。だが、事実をゆっくり考えなおして見るならば、政府批判の力がそだって侵略戦争とその破局とをともにふせぐほどにつよくなるためには、一九三〇年代以前の、まだ戦争のない平穏の時代にその力があらわれ保たれていなくてはならなかったのです。こういう常識のようなことをくりかえすのはうしろめたいのですが、この常識が日本の敗戦後に根をおろしていないということが気がかりです。

この常識が常識としてとおるようにするためには、八月十五日ごとの歳時記のような仕方でもよい、一九三一年にはじまる十五年間の戦争をくりかえし私たちの意識の中にひきずりだして考えなおすことが、世界市民について議論することよりも、私たち自身を動かす力になると思います。

ＮＨＫの朝のテレビ小説で、その劇の展開の背後にある常識は、そういうもので、見ている私たちは、今をその時代との交流においてとらえなおすところにくりかえし立たされます。

一九三一－四五年の戦争が今とつながっているというのは、あの戦争時代の指導層がかなりの程度まで今の日本の指導層であることを見てもわかります。私たちは、民族の自己同一性の立場から、私たちが前とおなじような不本意な状態につれてゆかれないように、政府によって既成事実をつみかさねられないような用意をおこたらないようにしたいのです。

それでは、国家などというものはまったく認めないで議論をすすめればよいかというと、それでは言葉の上ではとおっても、実際の行動計画としてはとおらないでしょう。国家にたいするうたがいを、そしてまた国家からさらに区別された政府にたいするうたがいを、手ばなさないで国家について考えてゆくことが必要だと言いたいのです。

保守的懐疑主義

中央公論社から雑誌『思想の科学』が出版されたころの編集者として、一緒に仕事をしたころの粕谷さんについて私のおぼえているところでは、その後、かわっておられないとすれば、政治的な保守主義者であったように思います。私の記憶の中ではそうです。私は、保守主義者を重んじたいと思っています（その心がけどおりに私が行動しているかどうかはわかりませんが）。その保守主義が、みずからのうちにうたがいをもっていることを、つよく希望したいのです。保守主義が、みずからの現在の思想にたいしてうたがいをもち、そのうたがいが自分のうしろだてとなっている国家に及ぶような保守的懐疑主義としての機能を何らかの仕方で保つことを希望します。そうであれば、保守的であるということが、そのまま、国家批判の権利を放棄することにならず、まして、現政府のきめた政策をそのままいつも支持するという立場をとることとかならずしもつながらなくなります。

戦争中から戦後をとおって今にいたるまで、私が、こだわっているのは、保守主義がそのまま国家批判の権利の放棄につらなるありかたです。理論的には別の保守主義があり得る、しかし現実にはそういう別の保守主義が日本でつよくそだたなかったし、その成立の社会的基礎そのものが薄いという認識です（石橋湛山、斎藤隆夫の存在は、かえってそういう人びとがこの時代に薄い層をなしていたという状況を照しだします。ただし、石橋湛山の主宰する『東洋経済新報』を支えた読者層、反軍演説で議会から除名された斎藤隆夫を戦中の翼賛選挙で非すいせんの立候補者としてふたたび議員にえらんだ兵庫県の有権者層は、日本の未来についても希望をいだかせます)。そうだとすれば、その欠落をうめるために、保守主義以外の思想の潮流が代行することを認める。この認識がおそらく、粕谷さんと私とを分つものであろうと思います。

私が、吉田満氏の著作をはじめて読んでからこの人にたいして敬意をもちつづけながら、日本の現在についての診断として書かれた「戦後日本に欠落したもの」に、いくばくかの不満をもったのは、戦争把握の深さにもかかわらず、なおも国家批判の権利を保つところがはっきりしていないということを感じたからです。

はっきりと国家批判の権利を保った上で、現政府の思想を支持するという立場にすすみ出るような形ならば、私は、それに、すくなくとも思想の形としては、賛成します。現政府のすることが何から何まで悪いと私は思っているわけではなく、国家のすることすべて反対していればいいと考えているわけではありません。しかし、一九三〇年代にはじまった戦争の中で、日中戦争が日本政府の思う仕方で終る希望の失われた時に、中国からの撤兵の可能性を検討しつつも、これまでに莫大な人命を失い、また莫大な国家費用をつぎこんでつづけてきたことなのだから国家の威信をかけてやはりつづけなければならないと判断した形が、今度の成田空港建設についても、土地所有者の合意をとりつけることに失敗した時にあともどりすることをしないという決断に、ひきつがれていると思います。

失敗したと思う時にあともどりをするという先例を、はっきりと残すことが、日本の未来のために、重大な役を果すと、私には思えます。そうでないと、国家の決定をつねに拍手をもってむかえる大政翼賛会の流儀にふたたび近づいてゆくように思われます。

その傾向は、保守・進歩の陣営のわくをこえて、戦後の改革にかけた過大な希望のはねかえりとして、私たちの間にあらわれています。

革新陣営と言っても、その中から出ている要求は、組織労働者の賃金のねあげと待遇改善に集中しているかぎり、自分たちが中心となって自分たちのくらしを管理する努力とはむすびつかず、現支配体制にたいして、よりよく管理されることを求める運動になっています。よりよく、そしてさらによりよく管理されることを求める運動の果には、その言葉は使われないにしても、国家社会主義とあまりちがわない国家形態が待っています。

自分のくらしを、（完全にということはできないにしても）より多くの領域で自分でとりしきる方向にむかって努力することが、個人だけでなく、家としても、地域としても、集団の運動としても、国家としても、目標を新しくつくりかえることになるでしょう。余儀ない事情から、私は、飯をつくったり洗濯したりという仕事を自分でやっていますが、そこから、点線で、私自身としての社会理想が新しくあらわれてくることを感じています。もっともおたがいの仕事が多面的になり、普通の社会常識で男の仕事とされている活動の能率がさがり、国民としての生活水準がさがることがあるとしても、自治の度合がたかまり、自分たちそれぞれの流儀で生きているという感じがひろくあらわれるほうが、日本の国として望ましいのではないでしょうか。私は、今でもふたしかな家事の習得から、こういうことを考えています。

国家への対応

粕谷さんは、吉田満氏と私との対談「『戦後』が失ったもの」（『諸君！』一九七八年八月号）にふれて、主として私を批判しつつ、「戦後史の争点について」（『諸君！』一九七八年一〇月号）という文章を書かれました。今、私の書いているこの文は、おくれたおこたえであるわけですが、粕谷さんの文章から直接引用することで、もう一度、おたがいのちがいにふれましょう。

市民が普遍と世界を志向する空間的観念だとすれば、国民は個別と歴史を志向する時間的観念ではないか。市民は文明と結びつき、国民は文化につながります。市民が理性的要請としての仮説的観念として、人権や人格と類縁関係にあり、国民は歴史的伝統として人間を具体化し血肉化するように思われます。

私には、個別と歴史を志向する観念として、「国民」よりもっと身近なものを、まず考えます。それは、自分と自分がここに住んでいる仲間です。それは、そのまま、日本列島全体にひろげられて、「国家」というわくの中の均質な構成分子としての「国民」という観念と同じものにはなりません。そういう自分たち（それは住民という言葉に近いが、この言葉は十分に熟していません）から何度も出なおしてゆくことから、未来を考えてゆきたいと思っています。そういう自分たちを、ある局面では守り、ある局面では圧迫するものとして国家があり、それに対するさまざまな方法を工夫してゆくことが必要になります。

今のところ、一九三一年以後の十五年戦争の指導層が切れ目なしにそのまま日本国家の支配層として残っているので、この前とおなじ手口で、戦争にみちびかれる危険から自分たちを守ることを忘れないようにしたいと思っています。

日本が経済大国になった今、世界の大多数の人びとよりも高い生活水準をもち、これらの人びとを主として経済流出によって圧迫しているという事実も、まっすぐに見る必要があります。もっとも不当な圧迫と考えられる局面から、少しずつでも、それをやめてゆく努力を、権力批判をとおして、また権力内部の反省をとおして、実現してゆきたいものです。

このような考えのすじみちから言うと、普遍的市民対個別的国民という区分は、重要な問題とはなりません。もう一度、粕谷さんの文章にもどると、

鶴見さんは日本の保守派が、政府と国家を同一視しがちなことに危惧をもたれています

が、保守派は日本の進歩派が、政府や体制を否定することで、トータルな国家否定にいたることを危惧しているのです。どちらも虚像におびえている面がないとはいえません。政府を批判し場合によっては倒すこと、さらに体制としての国家を変革することの正当性を確認しながら、他方で民族共同体としての国家の、同一性、持続性を確認しながら、論議は展開されるべきでしょう。

両者を批判し、場合によっては倒すことの正当性を確認しながら、という留保をはっきりもって保守の立場にたたれるとするなら、私としては、このような立場を堅持されることを、つよく希望します。ただし、そのような保守主義が、明治・大正・昭和を通じて、きわめて薄い層としてしかなかったということが、転向史の共同研究をとおして私たちのたしかめたことです。この判断がほとんどつねに私にはのこっていて、保守主義がそのまま現政府への無条件の追随になってゆくであろうという予断のもとになります。これは一つの偏見ですが、その偏見があることが、私の中に、戦中・戦後つづいていつもある保守的政治思想を分解しそれに抑制をくわえます。政治についての理論として、ある条件においては政府を倒すことを認めると言われるからには、粕谷さんと私との間にそれほどのちがいはないのですが、今の偏見が私の中につよくはたらいているということが、おたがいのちがいのもととなっているようです。

そのちがいは、おそらく三里塚の空港建設について、金大中誘拐事件などについての態度のちがいにあらわれるでしょう。両方とも、日本政府のまちがいにはじまっており、それをくりかえし批判しても今は力関係でどうしようもないように見えますが、それでも、批判に理があることをまで認めることが必要です。それは、政府の側にたつものにとっても必要だと思えます。自分のしていることが悪いと知ってその悪をおこなうもののほうが、政治家としては、信頼できるように私には思えます。くりかえしころりところんで立場をかえ、今自分のとっている立場が完全に正しいとおもいこみやすいタイプの政治家は、お人よしで愛すべきですが、政治家としては見こみがありません(ことに戦中、私は、日本の政界に悪人なしという感じをもちました)。悪の認識があって、それがいつもかわらず保たれていれば、別の条件では、その認識にもとづいて自分で積極的な手をうって正すという可能性もないではありません。弾力性のある保守主義が育つ道すじは少なくともそこにひらかれていると思います。

粕谷さんの論文によると、保守派が進歩派のトータルな国家否定におびえているということですが、その現状把握には、私は疑問をもちます。むしろ、進歩派は、とくに一九六〇年代の高度成長に入ってから、よりよく管理されることを要求することで、自治を忘れさる方向に進んでいるように思え、その故に、保守派・進歩派もろともに、国家権力によってさらに完全に管理される立場になだれこんでいるように私には思えます。

一九三〇年代の日本のように、警察が逮捕してごうもんをくわえたり、ながく獄中にとめておいて転向をさそいだすとか、獄外に出てからも時に訪問して圧迫をくわえるということなしで、むしろ、東京で言えば、高速道路が、道を歩く人の上をくねってとおり、さらにその両脇に何十階ものビルがそびえたって、町なみがかわるというような生活の舞台装置の変化がそのまま日常思想にはたらきかけるというふうで、思想対思想の激突というものはあまり見られません。思想対思想の激突があるかのように見たてるところに、総合雑誌が時代にとりのこされてゆく原因がありそうです。こういう舞台装置の中にとじこめられると、さしてはっきりした決断の機会もないままに、何となく、国家の政策にそうて流れてゆく型が出来てしまいます。しかも、このまま日本人のくらしは高度成長をつづけてどんどんよくなるというふうには行かないでしょうし、相当にむずかしい状態が待っていると思えるので、自分たちの流儀を自治にもとづく方向にかえてゆくにはどうしたらいいのでしょうか。

それぞれの人が、自分のくらしのスタイルを少しでもかえて、そうしてつくったわずかのズレから、自分ならびに自分たちの未来をのぞくということが、誰にでもできる最小のことであり、根本的なことだと思います。それぞれの人というと道徳めいていやなので、むしろそういう風が、人から人へと吹きとおるようでありたいと思っています。状況にせまられてそういう風がおこりそしてつたわりやすくなると思っています。

粕谷さんのように、会社所属の編集者の役をはなれて、自由なジャーナリストになられた方には、さらに、自分自身のこれまでの何十年かと、今後の何十年かの見とおしについての記録をつくって、自他の錯覚をはっきりと計算しながら、一つの道を歩いてゆく努力をしてほしいと思います。粕谷さんの文章と私の文章との両方に、石橋湛山についての言及があり、この人は、私たちが共通に敬意をもって対する人のようですが、この人は、明治末期の文芸評論以来、小さい、しかし生活の質のすぐれた日本という未来像を保ちつづけて、第一次世界大戦中の成金時代の日本に対し、また満州事変以後の軍国日本に対した人でした。

石橋湛山のような道すじを歩く評論家になってほしいと、私は、粕谷さんに望みます。

『思想の科学』の中央公論社版創刊のころに協力した時代だけが、私と粕谷さんとのつきあいのすべてなので、私にとっては、信頼できる人としての記憶が今も生きています。今後の御努力を望みます。

（一九七九年）

V

天皇制

世界史のなかの天皇制

中沢新一

ヨーロッパ文明の危機と天皇制

――小社ではこの四月に、昭和天皇に関するエピソードをまとめたアンソロジー集『天皇百話』（上下巻、ちくま文庫）を刊行いたしました。きょうはこの本の編者の一人である鶴見俊輔さんと、中世の天皇についての本も出されている中沢新一さんに、昭和天皇だけではなく、広く天皇制についてご意見をうかがえたらと思っております。

中沢　じゃ、ちょっと固めに口火を切ることにしますね。

中世の天皇については、いろいろ書いたりしたこともあるんですけれども、天皇制がいま日本人にとってビビッドな問題としてあるということを考えるには、やっぱりそれが十九世紀にできた国家の概念というのと深く結びついていたということを忘れるといけないような気がするんです。つまり、天皇制として日本の文化のなかで一貫して流れているものと、十九世紀の後半にヨーロッパ文明の危機ということから発生した新しい国家の概念というものが結びあったときに、いまの天皇制が生まれている。だから、いま、日本人が天皇制というものをどうとらえるかというのも、そのとき出てくる「モダン問題」というのを抜きにしては考えられないような気がするんです。

いまいろんなところで十九世紀にできたモダンな国家概念が陳腐になりはじめちゃっている

でしょう。実際、国家というのがインターナショナルな資本主義の運動にとってはいろんな意味でネックになっている。それは別に資本主義国家でだけじゃなくて、社会主義国ではもっとはなはだしいことになっているわけですけれども。とにかく十九世紀にできたモダンな国家というものをどう変えていくかということが、これからの問題になっていく。

そこで、いろんなところでこれを解体したり骨抜きにしたりする作業がいま起こっているわけですね。たとえばソビエトなんかでも、ああいう大きい国家というのはもはや存在が不可能になりつつある。現在、少数民族の自立というかたちで起こっているのは、十九世紀の後半につくられてきたモダンな国家というものが、いろんなところで機能障害を起こしはじめている、それは文化の面にもあらわれているということじゃないでしょうか。たとえばヨーロッパは一九九二年を目標に拡大ECというのを結成しようとしているでしょう。電気のプラグを統一するとか、旅行に持っていったひげ剃りがどの国でも使えたり、フィリップのテレビがどこの国へも輸出できるというようなことからはじまって、ECではいろんなジャンルの規格を統一して、国家によって決められたデザインを変える運動をはじめてますね。

少なくとも経済的な面について言えば、新しく形成されはじめているネットワークにとっては、十九世紀以来つくられてきた近代国家というものは、むしろ不必要なガラクタと化しつつあるのではないでしょうか。モダニズムの発祥地であるヨーロッパでは、新しいタイプの階層性や相互のつながりをもったネットワーク群の形成がはじまり、そのなかでは一方でカタルーニャやバスクのようなところで主張されている文化的オートノミー（自治権）が大きく浮かび上がってくるし、また一方ではモダン国家を超えたレベルでの、EC的統一体がつくられだしている。

そういう意味で言いますと、いま地球的規模で新しいネットワークがつくりだされようとしているなかで、十九世紀以来の国家というのがいたるところで陳腐になりはじめている。そこに日本の天皇制の問題というのも結びあっているんじゃないかという気がするんです。

昭和天皇が亡くなって平成天皇になった瞬間からはじまった、あのシラケた感じもそれと関係しているんじゃないかしら。いままで天皇制に対して、それを批判する側も肯定する側も両方がもっていたポテンシャリティのようなものが、一気にあそこでキュウと収縮していくような方向へ向かったんだと思うのです。

これはいろんな面をもっていると思いますけれども、平成天皇みたいな一種の「ヤッピー」のようなかたの登場は、ある意味では天皇制のすすむべくしてすすんでいる方向を示していると同時に、いままで天皇制がモダン国家と結びついてきたリンクの重要な部分が、どんどん、どんどん、空虚になりはじめていることのあらわれでもあるでしょう。そこでは日本の天皇家の起源をめぐる問題みたいなものが、はたして平成（一九八九年―）以後もいままでと同じニュアンスや問題性をもって展開されていくのだろうか。これはぼくにとってはとてもおもしろい問題に見えるのです。

この百年間につくられてきた近代の幻想が、あらかたなしくずしになっていこうとしている現在、そういう近代幻想といっしょに出てきた天皇制についても、「いったい天皇って何なのかしら」ということについて右でも左でもないところからの、シニカルな問いかけがはじまると思います。それに日本の文化というものについてだって、一方ではホモジーニアス（均質）にとらえることが不可能になってくるだろうし、それをいろいろな自立的な文化の単位に分解していくことができるのかどうかとか、そういう問題も全部絡んでくるでしょう。資本主義マシンの運動は日本をもっと別の多様なリンクのほうへ結びつけようとしています。そういう時代にいまの天皇制や平成天皇がどういうところへ押し出されていくのか、それともひっこんでいくのか。そのことが、とてもおもしろいところにさしかかっているような気がぼくはしているんです。

鶴見　江戸末期で言うと、天皇家の宮廷というのはちょっとバチカンに似ていますよね。

中沢　似ていますね。アフリカの王権に似ているというよりも、バチカンに似ているでしょう。

鶴見　そして、大きな権力と行政府というのは宮廷から遠いところに離れていて、馬で行ったってそうとうかかるようなところにあって、刻々の統治なんてできっこないわけだから、ただ権威とお墨付きは出していたという。で、実質的な富は幕府にくらべて小さいですよね。その政治とのかかわりかたというのは実におもしろかった。

中沢　キリスト教の説く「神の権威」もないところで、それがおこなわれていたんだから、日本人の権威についての思想を考えてみると、ほんとうにおもしろいことだと思います。

鶴見　その問題から、さらに千年、一万年前にさかのぼってみるということは必要だと思いますけど。というのは、いまでは、天皇制の誕生について戦争中にというか、明治の政府がやった起源についての正統説というのとは別のさかのぼりかたがされているし、これからも探りつづけてゆく。そうして別の道の登攀《とうはん》ができるようになると、それが天皇制の見かたを変えていくし、長いあいだにはそれが習慣とさえ結びついて、天皇制を変えていくということになると思うんです。

占領の遺産と敗戦の遺産

鶴見　この『天皇百話』という本で扱ったのは、亡くなられた天皇のことなので、ほんの少し前にさかのぼりたいんです。占領の遺産と敗戦の遺産というのがあると思うんです。占領の遺産が肘を押えている感じがあるんです。

占領軍というのは、日本語がわからない人間としてここに来るわけでね。数は少ない。日本人は一億弱いたと思うんですが、そこに言語のわからない人たちが来た。もちろん武力をもっているから、タスマニア人みたいに皆殺しにすりゃできるけど、絶滅させちゃったら、ソビエトもいる世界の世論に対してまずいでしょう。原爆を二つ落としたあと、皆殺しにして、タスマニア人みたいにあと剝製《はくせい》にするというのは、これはぐあいがわるい。

日本語を知っている米国人はわずかです。そこで大衆の支持を得なきゃいけないわけです。大衆を敵にできないわけです。大衆は責任がないということを言わないと、大衆の支持を得られないわけでしょう。そのことが日本の歴史の見かた、政治の見かたに影響を与えたと思う。大衆は責任がないと言えば、占領後、大衆と接触してみると、次に出てくるのは天皇に責任がない。大衆に責任がなくて天皇に責任がないというのを、占領のつごう上、決めた。

占領が終わるのが一九五二年なんだけど、なんとなくその思想の枠がつづいて、あの戦争の見かただって、どういうふうにしてそれが起こったかっていう責任の所在なんていうのを全部ぼかした。中曾根（康弘）さんが言う意味での占領の見直しというのと違うしかたで占領を見直さなきゃいけないんじゃないかなという気がしますね。

中沢　いままでは、日本人の伝統的な体質のなかにある責任を回避したり、ある大きい指導者が失敗を犯したときに彼を徹底的に追及しないということで、戦後も戦争原因を徹底糾明しないというふうなことが言われてきたわけですけれども、そうすると、アメリカ軍の占領自体にも、日本人の不徹底さをむしろ助長していくような何かがあったという。

鶴見　わたしはアメリカの日本占領はそうとういいものだったと思うけれども、占領のつごうがあってね、大衆は責任がないという立場をとった。そして接触してみて、こんどはその上に立って、天皇にも責任がないということにした。これはぐあいがわるい。大衆は責任がないということだけを受けついで、天皇だけ責任がある、こういう追及のやりかたもまずいと思うよね。

中沢　それは失敗するでしょう。

鶴見　もし天皇に戦争に対する責任があるとすれば――わたしはあると思っているんですが――天皇と日本の国民の戦争責任なんですよね。日本の国民を落としちゃって、天皇だけ追及するというのは、そういう責任の追及のしかたって、人間としては無理だ、それは。それが占領の遺産でね、負の遺産なんですよね。

ただ、正の遺産もあると思うんだ。それは、天皇の存在というものを日本の国家の壁を超えて見る。これは正の遺産で、うまくいけば世界大の、一万年の世界を歴史のなかで見るという、それは具体的な発掘や何かと絡んで、成果を少しずつ上げてきていますよね。これは正の遺産のほうだと思うけどね。だから、占領の遺産の狭さをここで自覚して、そして敗戦の遺産を占領の遺産とともに受けつぐということが――つぎ直しだな――必要じゃないかなという気がしますね。そこのところが何かはずれている、そういう気がしますよ。

きのう、なだいなだ氏の話を聞いてて、とてもおもしろかったんだけど。なだいなだ氏は戦後にフランスに留学したのよね、アル中専門の医者として。あの人は敗戦のとき幼年学校に入っていたんですね。だから自分が軍隊の一部であることをいやだと思っていたそうだ。ついにフランスへ出ていくときに、自分は正真正銘の個人だという解放感をもって行ったという。「みんなが何とか……」、「みんなが……」、「みんな」っていやだと思っていた。

ところがフランスへ行ったら、フランスでもと日本の捕虜だったアメリカ人に会って、「君たちは、君たちは」って言われるんで、どうしても日本人全体の連関で見られちゃうっていうわけね。個人として見てくれない。そこで、二つの中心点をもつ楕円的なものとして自分は生きざるをえないということを悟るわけね。花田清輝の楕円の思想みたいなんだけれども、これはおもしろいと思うよね。

一点だけの真円を描く、それこそカント的な、それが人間のあるべき姿だっていうのあるでしょう。思想について、おまえ、ここ矛盾しているじゃないかと突いてね。だけど、わたしは人間というのは、少なくとも二点中心があって――もっと中心があってもかまわないけど――そのように構成されているんで、「私」として考える。孤立した個としてね。

もう一つ、世界を外から見りゃ、この時代の、同時代の日本人というなかで見られていること、これは免れえないと思うね。わたしは南京虐殺（一九三七年）と関係ないんだよね。あれが起こったとき、十三、四だったと思う。関係してないわけだ。だけど、やっぱりあれはわたしと関係がある、日本人として。世界の外から見れば、そのように見られることを、わたしは受け止めなきゃいけないと思うね。

中沢　ぼくもフランス人やアメリカ人と論争して負けそうになると、いまだにヒロシマをもち出すこともありますものね（笑）。

鶴見　それは、もうしようがないと思うんだね。

天皇制を多中心に批判する

中沢　ただ、日本人にとって、外国へ出たときに意識される楕円の二点ということと関連して、天皇制自体のもっている楕円性というのもあるんじゃないですか。ぼくらは東国生まれでしょう。そのことを意識すると、天皇というのもぜったい真円じゃ理解できなくなるんです。たとえば源頼朝が鎌倉幕府をつくったとき（一一八五年）だって、あれは最初から東に天皇家に匹敵するものをつくっちゃおうとしたわけですよね。頼朝自体が東のほうに権力を吸引しようとしたと同時に、そこにあった文化的なベースを基礎にして別の権力をつくろうとしていたでしょう。それはけっこう尾を引いていましてね。

ぼくはアメリカインディアンの友だちとかけっこういまして、彼らの話を聞いていると、日本人のぼくに向かって、きみたち日本人と自分たちインディアンは兄弟なんだというふうなことを言いますね。確かに考古学的に見ても、一万年から三万年のあいだにベーリング海峡を渡っていった人たちと、日本列島に入っていった人たちと、だいたい同じころそういうところへ行っている兄弟だということがわかりますよね。

そのとき、あっ、自分はアメリカインディアンと兄弟なんだという意識と、もう一つは京都を幻想的な中心にする、もう一つの日本というのが二つの極をつくってしまうんです。京都の中心はインディアンとすぐには重ならないんですよね。それはどこへ結んでいくかというと、やっぱり大きい中国へつながっていくもので。

そうすると、アジアということを考えただけでも、環太平洋的な文化のなかにつながっていく自分というのと、中国の黄河から張り出してきて、日本に国家をつくりだす中心的な力の場になったものとのあいだに異質感が感じつづけられるんです。

この前も遷都論が出たとき、だれかが仙台へ移そうと言って、自民党のおじさんたちが、陛下を征夷大将軍にするのかって言って反対しましたでしょう(笑)。その場合の征夷大将軍って、蝦夷《えぞ》に対する将軍じゃなくてソ連に対してなんですけれども。その感覚は、なかなか……。

明治維新のとき、天皇は、確かに征夷大将軍として江戸にやってきていまして、東の勢力との拮抗《きっこう》を保つための前線として出てきていますから、あの皇居自体は征夷大将軍の居城でもあったということになるでしょう。それが仙台のほうに張り出すと、天皇が明治時代にこっちへ出てきた意味というのがまた鮮明になっちゃうでしょうね。

それにぼくは、東京のようなところに暮らしていたり、もともとの生まれが山梨だったりということもあって——あそこは東京に対しても、そこを中心とは認めないような変なメンタリティがありまして、「風流夢譚」を書くような人（深沢七郎）が生まれたところですから、天皇家に対しても、変な違和感をもちつづけている——そういう目から見ても、「わたしたち日本人」そのものが歴史的な二重性をもっていますし、それから外国へいって個人としてさらされたときは、近代史の記憶がいろいろ結びついている「わたしたち」というものが意識される。だから楕円とひとくちに言っても、立体的に重なった楕円がたくさんつながっているというイメージがあるんですよ。

鶴見　楕円と言って、二中心にするほうが話が簡単だからしたんだけど、なぜそういうふうな別のモデルをつくりたいかというと、一中心というのが思想の正しい道だっていう考えかたがヨーロッパ譲りで来ているわけね、キリスト教中心の。人間は正しく生きなきゃいけない、普遍的な人間としてね。これは形式として考えれば、なかなかいい思想でしょう。だけど、状況と絡めて、どう生きるかという問題になるとね。

中沢　誠実じゃないですよね。

鶴見　人間は正しく生きなきゃいけない。そうです。しかしどう生きるのが正しいかという問題になると、状況との絡みですからね、さまざまの可能性が出てくるんだ。それがね、短絡して、たとえば資本主義はけしからん、これは没落するべきである。それは没落するでしょう。それが年内に没落する。そういうふうになって、くりかえし、大正末期から言われているわけ。年内に没落するって予定の自分の人生を立てる。もうこれはまちがいですよ。

カントの倫理も、形式は形式としてそれでおもしろい。それで成り立つんだ。しかし、状況と短絡すると、これは困るんで、おまえの思想にはほころびがあるじゃないか。人間は平等でなきゃいけない。これも形式としてはなかなかいいもんですよ。けれど、天皇はけしからん、平等でいかなきゃいけないというふうになって、いますぐ平等でというふうになってくると、状況との絡みでひじょうに困る。ソビエト・ロシアのようにやればいいとかね、アメリカのようにやればいいとかいうふうになってくると、これはある具体的な状況が絡んでいるんだから、困るところが出てくる。一中心で、あるモデルに短絡するというやりかたはやらないほうがいい。二中心のおもしろさ、多中心のおもしろさを考えていったほうがいい。多中心のおもしろさになると、現天皇制に完全に押し負けて、批判の牙を失ってしまうという説もありますが、そうとは思わない、わたしの立場は。

中沢　多中心をとった瞬間に言われますね、それは。

鶴見　多中心をとったら批判の牙を失うと。『日本王権論』（春秋社）では、上野千鶴子氏が、いまの権力の言語というのは儀式なんだということを言う。人間を儀礼の言語で定義してくるんだという。位階勲等をつけるというのが儀礼なんだ。それに授勲される側は、そのコードを共有しているから勲章が欲しくなるということで、天皇制に飲み込まれてしまう。鋭いと思うんですよね。わたしなんかは戦後、困ったんですよ。

わたしの哲学そのものは多中心で、妥協の哲学なんです。妥協の哲学だからずぶずぶにいっでも妥協しちゃう可能性があるでしょう。だから儀式のところでいまよりもツッパっていた。儀礼の言語が天皇制の言語で、この権力にからめとられるという指摘はおもしろい。昔のように牢屋に入れてひっぱたいて拷問するというんじゃない、違うしかたで瀰漫《びまん》しているわけで、だからネクタイをするかどうかとか、いろんな問題があるわけ。それに対して、こんどは、あらゆる点でツッパっていけというふうに短絡することはどうか。これはむずかしい。多中心の立場を保って、妥協しながら、しかも権力批判の道を探したい。

あるべき天皇制の姿とは？

――話をいま一度、天皇制というものが平成以後、日本人のメンタリティにどういう力をもち、またおよぼしていくのかという点にもどしてご意見をうかがいたいのですが。

中沢　国家という問題も、いま自民党の政府がガタガタしはじめていて、いまいちばん重大なのは国民がいったい何を求めているのかということですよね。やっぱりそれに対抗する社会党の政権を求めているわけでもないし、いわんや共産党でもない。自民党でも社会党でもない、第三種のものを求めはじめている感覚ですね。それは、政治機構自体の質的変化というものを求めているし、国というもの自体がいったい何なんだろうということを、この国際化されたなかで、無意識に感じはじめていることのあらわれだと思います。

そのことを意識的にいちばん感じているのは、商社マンとか企業の先端を担っている人間ですね。彼らにとって、国家はほとんど陳腐なものでしかないですよね。日本国家にしてもアメリカ国家にしても。ことに日本の国家なんていうものは、そういう存在になりつつありますね。大前研一と話なんかすると、彼にとって日本の国家なんていうものはほとんど意味をもっていないですよね。だけどそれは、たとえばこんどの消費税問題で国民が、へっ！　って驚いたのは、国というのがなまなましいかたちでぐっと出てきちゃったわけでしょう。それに生理的な反応をしているところがあるんですけれども。ただ、変わりはじめているのは、日本という国家が、国というものがいったい何なのかということを、無意識で問い返しはじめたことだと思いますね。

そういうなかで、たとえば天皇制がいままで日本近代国家のなかで、象徴にせよ、主権にせよ、もっていた意味というのは変化してくるだろう。その変化というのは、実は国家の本質的な変化の二次的な表現じゃないかというような感じがするんです。

鶴見　実際には、大正時代にひじょうに小さな流れでしかなくて、結局天皇機関説批判のなかでつぶれてしまったんだけれども、君主主義者のポジションをとりながら、言論の自由を擁護していくという、つまりモナキスト（君主主義者）としての自由の擁護という細い線がありうる。それがいまは大正時代よりももう少し太いパイプになっているんじゃないか、のぞむほど太くはないんだけど。そこのところを考えていかないといけないんじゃないかな。前は確かに細かったんだけど、それでもいることはいたんですよ。高木八尺《たかぎやさか》とか、斎藤隆夫とか、石橋湛山《いしばしたんざん》とか。

それから右翼のなかにもいたわけ。葦津耕次郎《あしづこうじろう》もそうでね。大正の初めに朝鮮神宮をつくるっていうときに、天照大神《あまてらすおおみかみ》をもっていくのに反対の建白書を書いているんです。日本の古神道の習慣は、その土地に行けばその土地の神様を尊重する。天照をもっていったら禍根《かこん》を招くと言った。えらいと思うんだね。葦津耕次郎の意見に反して数多くつくった朝鮮神社が敗戦後どうなったかを見れば、一目瞭然なんだ。そういう人たちがいたわけね。これ受けついでいって、もっと太くしていくというか。

おまえは、君主制度を認めるのか、そんなやつは民主主義に反する、なんていう、これは一中心の方法で、それで幾何学的な模様をつくるのはじゅうぶんではない。幾何学的な模様を立てることには意味がある。それを受けつぐのはけっこうです。だけどそれは状況の見立てと併存させなきゃいけない。いまの状況は何かということをくりかえしそのつど診断していく別の方法ですね。いまの状況を判断するということを考えれば、いまの君主制、象徴天皇制の制度のなかで、自由を擁護していくということをつよくしていくしかたでやっていくほうがいい。

さらにそれを超えるのは、わたしなんかよくわからない方法なんだけれども、慣習法なんですね。慣習のなかに未来がある。つまり、みんなが歩いていくところから自然に未来の萌芽《ほうが》が生まれるんで、そこのところを見ていかなきゃいけないんじゃないか。それを考えると、天皇制に対するパロディが、実にけしからんと言って、畏れ多いとか何とか言ってつぶすのはまずいのでね。万世一系というのは生殖によってつづいているんだから、生殖に絡まる冗談とか何とかは残っていく。漫画も出る。それが残っていくことは健全なんだ。

中沢　宮武外骨《みやたけがいこつ》だ。

鶴見　生殖によって万世一系が保障されているんだから、それに対するとうぜんの直視でね。天皇制の乱用を戒めるもう一つの方法になる。それから、明治以後、天皇が男だけに限られたということに対する批判がくりかえしあってしかるべきだと思う。

中沢　その批判はもっとしないといけないと思うな。実際それは日本文学史にかかわる問題でもあるし。なんで日本の少女マンガはあんなにレベルが高いのかとか、男の文学がダメになっちゃったあとに登場してきているのが、少女マンガと同じ精神のなかから出てきた吉本ばななのか、なんてことも、藤原薬子《ふじわらのくすこ》の乱（八一〇年）にピークをむかえる女の政治的敗北のテーマにつながりをもっているし……。

鶴見　天皇が財産をもちすぎているとか、護衛をたくさん付けすぎているとか、それに対する批判はあってとうぜんだ。天皇の戦後の巡幸のなかで、あっと思うのがあったんだけども、それは、この本のなかに入っている。香川県に行ったときに、天皇がこうやって歩いているすぐ横に、老女が一人いるんだ。これはほとんど天皇と袖ふりあうばかりになって、老女の目の焦点は向こうの何かを見ているんだ。

――天皇を探しているんですね。

鶴見 ああっと思ったね、これは。

中沢 あの写真の老婆、文久三年（一八六三）生まれのぼくのヒイおばあさんとよく似ていて、とても印象につよく残っています。

鶴見 あるべき天皇制というものは、そこにもう実現しているんだ。

中沢 うん、すごいね。

鶴見 あのなかに理想があるという感じするんだね。あそこを延長させていけば、天皇は最後には護衛を連れないで銭湯に入りに行く。衣服をパーッととって銭湯に入る。これはパラドックスをふくむけど、そこまで行ったら天皇制を支持するね。いまの天皇制には保留をつけたいが。

中沢 しかしそのパラドックスを「現人神《あらひとがみ》」の神話はもともとかかえているはずでしょう。権力についてのそういう日本思想をへたに隠蔽《いんぺい》しないで、もっとラディカルに提出できたら、日本人もすごいとぼくも思うな。

世界のなかでの天皇制

鶴見 京都でタクシーに乗っていたら、ちょうど大喪《たいそう》の日だった。それで、熊野のカラフネ屋というコーヒー屋の前に停めてくださいって言った。すると、そんなところで逢引ですかってタクシーの運転手が言うんだ。いや、きょうは楽友会館で会合があるはずだったけれども、天皇大喪にあたったから楽友会館は国家のものだから閉めちゃった。会合全部がカラフネ屋というコーヒー屋に移っているからって言ったら、「そうですか。困りますね、ほんとうに。いやですね」と言うわけよね。

そして、「シャッター」という漫画の話をしてね、「これはとってもおもしろい漫画で、いまのしめつけについて批判している実にいいものです」って言うの。まったくわたしにとってピタッと合うような話をタクシーの運転手がする。「わたしは天皇はきらいですねえ。天皇が亡くなったときに、うちから電話がありましてね。実はわたしは沖縄なんです」って。沖縄から電話がかかって、きょうはいいことがあったからみんなで集まって酒飲んでいるんだって。

ほんとうにびっくりした、それは。つまり彼らが天皇に対していやだと思っているのは、生まれたときからの実感であって、沖縄で同族を失って、日本の軍隊に殺された。天皇の軍隊に殺された。天皇がいやだということの背景には根があるんだ、いま京都で運転手しているけれども。だから沖縄のなかには、民衆の内部からの天皇制批判というのがあるんだね。これをはっきり天皇の側は見なきゃいけない。現天皇はそれを見ることができるかもしれない。昭和天皇も、沖縄敗戦の日を覚えているくらいだから、竹下総理大臣その他よりは見ていたかもしれない。

中沢　もっとはっきり見せてあげるべきでした。あのかたはそれを知りたがっていたのだから。

鶴見　強制労働させて殺したりした在日朝鮮人、台湾人、それから沖縄、その関係の人はいっぱいいるんだから、その子どもに「『君が代』をうたえ!」「『君が代』なのになぜ立たないか!」、ポカンなんて殴るのはまちがっている。わたしは、「君が代」というのは愛嬌のあるおもしろい歌だと思うね。千年前すでに詠み人知らずであったなんていうのを、いまうたうのはおもしろいかもしれないよ、アナクロニズムで。わたしは、天皇制に対すると同じように、「君が代」がいやだ、絶対反対というんじゃないんだ。だけど、とにかく卒業式に「君が代」をうたえ、まだ立たないのか、この野郎、ポカンなんてギューッと押しつけてくる教師の姿勢がよくない。そういうことをすすめる校長はどうかしている。非教育的だと思う。それで反対なんだけどね。

そして、反対運動やるとね、わたしは京都で三人の悪人の一人になっているんだ。その三人に電話をかけて抗議をしよう、手紙を出せっていう立派なビラがまわっているんだ、ちゃんと印刷して。わたしのところに手紙とかはがきが来る。はがきの一つには初めにかたかなで「ナメルナ、チャンコロ」って書いてあった。全部かたかな。つまり「君が代」強制反対という運動の署名をしたら、すぐさまの反応は「ナメルナ、チャンコロ」。

これは、日本人の想像力のなかに、中国人は劣っている、やつらはチャンコロだという潜在意識があって、「君が代」強制反対と言ったらすぐそれに短絡的に反応するような地下茎がある。それがおそろしい。だから、わたしは簡単にいまの状態で、天皇制に賛成と言うわけにはいかないし、愛嬌のある歌だと思う「君が代」を無条件に卒業式でうたったらいいじゃないかと言うわけにもいかない。だけどいかなる場合にも、うたっちゃいけないとか、いかなる可能な条件でも天皇制反対とかいう立場でもない。

中沢　それは同じ立場の裏返しですよね。

鶴見　いま世界のなかでと言うときに、他の国旗に対して近ごろの若い日本人は無礼だ、それは日本のなかで「君が代」を尊重しないからだっていう説があるんだが、わたしは海外に出たら、立ってその国の国旗に敬意を表明するのはいいと思う。それはそれで、その国に対する敬意で。ただ、日本は、戦争を放棄して新しい国家として世界に対して働きかけようとするんだから、日本の国旗が出たら、直立不動の姿勢をとらないとぶん殴っちゃうというのはやめたほうがいいと思うね。そのようにして、日本は世界に働きかけていくべきだと思うし、それが世界のなかで日本を見る立場で、その意味で、いまの政府の国際化の方針はぐあいわるいと思う。

（一九八九年）

対談者紹介

Ⅰ　憲法

ルーズヴェルトのことば

都留重人（つる・しげと） 経済学者　一九一二〜二〇〇六年　四〇年、ハーヴァード大学講師となるが、日本の敗戦過程を知るため交換船で帰国。戦後、片山内閣のもとで第一回「経済白書」を執筆。その後、効率中心の政策に反対し福祉論を展開する。著書に『新しい政治経済を求めて』など。

「日本国憲法」のミステリー

古関彰一（こせき・しょういち） 憲政史家　一九四三年生まれ。早稲田大学大学院で基礎法学を専攻、和光大学教授をへて、獨協大学名誉教授。著書に『日本国憲法の誕生』『「平和国家」日本の再検討』『平和憲法の深層』など。

人間が去ったあとに

河合隼雄（かわい・はやお） 臨床心理学者　一九二八〜二〇〇七年　六二年、スイスのユング研究所に留学。日本にユング心理療法を確立する。著書に『昔話と日本人の心』『生と死の接点』など。

Ⅱ　戦争

強姦について

富岡多恵子（とみおか・たえこ） 詩人・作家　一九三五年生まれ。詩集『返礼』、小説『冥途の家族』『波うつ土地』、評論『釋迢空ノート』『西鶴の感情』などがある。

粉川哲夫（こがわ・てつお） メディア批評家　一九四一年生まれ。ニューメディア論、都市論、映画評論等幅広い批評活動を続け、「自由ラジオ」や「ラジオアート」にも参加。詳細：http://cinemanote.jp

福嶋行雄（**ふくしま・ゆきお**）山形国際ドキュメンタリー映画祭'91のコーディネーター　一九五五年生まれ。

マーク・ノーネスミシガン大学教授　一九六一年生まれ。専門はアジア映画。山形国際ドキュメンタリー映画祭'91ではコーディネーターを務めた。

Ⅲ　敗戦

八月十五日に君は何をしていたか

羽仁五郎（**はに・ごろう**）歴史学者　一九〇一〜八三年　二八年、三木清と雑誌『新興科学の旗のもとに』を創刊、マルクス主義学者の発表の場を作る。三三年に治安維持法で逮捕。戦後は日本史のとらえ直しに努める。『羽仁五郎歴史論著作集』などがある。

焼け跡の記憶

開高健（**かいこう・たけし**）作家　一九三〇〜八九年　寿屋（サントリー）でコピーライターとして重用される。「裸の王様」で芥川賞受賞。ベトナム戦争に関心を抱き現地に赴く。戦争から食味、釣りとその分野を広げていった。『開高健全集』がある。

Ⅳ　戦争体験

「戦後体験」から遺すもの

司馬遼太郎（**しば・りょうたろう**）作家　一九二三〜九六年　透徹された歴史観で日本という国のありかたを見つめた。『竜馬がゆく』『峠』『世に棲む日日』『菜の花の沖』など多くの歴史小説、紀行『街道をゆく』などの作品を遺す。

「戦後」が失ったもの

吉田満（よしだ・みつる） 作家　一九二三〜七九年　海軍少尉として戦艦大和に乗り、沖縄突入作戦に従軍し奇跡の生還を得る。体験を『戦艦大和ノ最期』として書くが、占領軍の検閲に触れ、刊行されたのは五二年だった。『臼淵大尉の場合』などの作品を遺す。

粕谷一希（かすや・かずき） 評論家・編集者　一九三〇〜二〇一四年　五五年、中央公論社に入社し、保守派の編集者として戦後日本の論壇に多くの書き手を送り出した。八六年、雑誌『東京人』を創刊。著書に『戦後思潮』『鎮魂吉田満とその時代』など。

V　天皇制

世界史のなかの天皇制

中沢新一（なかざわ・しんいち） 思想家・人類学者　一九五〇年、山梨県生まれ。明治大学野生の科学研究所所長。宗教、哲学、芸術から科学まで、あらゆる領域に思考を展開する。著書に『チベットのモーツァルト』『カイエ・ソバージュ（全五巻）』『野生の科学』『日本文学の大地』など多数。

初出一覧

Ⅰ　憲法

ルーズヴェルトのことば　『思想の科学』一九六七年十一月号

「日本国憲法」のミステリー　『潮』一九九〇年六月号

のちに鶴見俊輔・河合隼雄『時代を読む』潮出版社（一九九一年）に収録

Ⅱ　戦争

強姦について　『思想の科学』一九八五年四月号「強姦についての私の考え」を改題

人間が去ったあとに　山形国際ドキュメンタリー映画祭'91

「日米映画戦」パンフレット　一九九一年

のちに『日米映画戦』青弓社（一九九二年）に収録

Ⅲ　敗戦

八月十五日に君は何をしていたか　『思想の科学』一九六八年十二月号

焼け跡の記憶　『思想の科学』一九六九年二月号「焼け跡から遠くはなれて」を改題

Ⅳ　戦争体験

「敗戦体験」から遺すもの　『諸君！』一九七九年七月号

のちに鶴見俊輔『戦争体験』ミネルヴァ書房（一九八〇年）に収録

「『敗戦体験』から遺すべきもの」を改題

「戦後」が失ったもの　『諸君！』一九七八年八月号

のちに鶴見俊輔『戦争体験』ミネルヴァ書房（一九八〇年）に収録

Ⅴ　天皇制

世界史のなかの天皇制　『ちくま』一九八九年七月号

「世界史のなかで天皇制を考える」を改題

＊本書は、「鶴見俊輔座談」（全10巻、晶文社、一九九六年）を再編集し、一冊にまとめたものです。

正誤表

以下の頁に誤植がありました。お詫びして訂正いたします。

285頁4行目　［誤］(179頁) → ［正］(177頁)
286頁19行目　［誤］(213−214頁)→［正］(211−212頁)
288頁3行目　［誤］(218頁) → ［正］(216頁)
289頁3行目　［誤］(187−188頁)→［正］(185−186頁)
290頁4行目、10行目　［誤］(185頁) → ［正］(183頁)
291頁9行目　［誤］(210−211頁)→［正］(208−209頁)
291頁19行目　［誤］(174−175頁)→［正］(172−173頁)
292頁11行目　［誤］(168−169頁)→［正］(166−167頁)
293頁6行目　［誤］(176頁)→［正］(174頁)
293頁18行目　［誤］(167頁)→［正］(165頁)
294頁13行目　［誤］(95頁)→［正］(93頁)
295頁3行目　［誤］(168頁)→［正］(166頁)
295頁10行目　［誤］(171頁)→［正］(169頁)
296頁9行目　［誤］(169−170頁)→［正］(167−168頁)
296頁15行目　［誤］(162頁)→［正］(160頁)
297頁10行目　［誤］(129−130頁)→［正］(127−128頁)
297頁15行目　［誤］(133頁)→［正］(131頁)
298頁15行目　［誤］(237−238頁)→［正］(235−236頁)
299頁7行目　［誤］(243−244頁)→［正］(241−242頁)
300頁10行目　［誤］(247頁)→［正］(245頁)
301頁12行目　［誤］(248頁)→［正］(246頁)

解説

鶴見俊輔の岩床

中島岳志

保守の「岩床」

本書は戦後日本を代表する知識人・鶴見俊輔が1960年代から90年代にかけて行った特色ある対談・座談を集成したものである。本書のキーワードは「岩床」。鶴見は表層的な右派／左派の壁を越え、人間の本源的な行動原理に迫る。

鶴見が評価する人物は、一貫した「岩床」を持った人物である。人はどうしても時代に左右されやすく、変化に迎合する。23歳で終戦を迎えた彼は、戦中と戦後で発言や態度を一変させる人間を多く目の当たりにし、嫌悪した。彼は小賢しい人間を横目で見ながら、変わらぬ岩床を持つ人間に敬意を寄せた。

鶴見にとって「自分の古さを自覚し、岩床を探ろうとする」人間こそ、真の保守主義者だった。本当の保守は、時代に阿《おもね》らない。変えることのできない価値に信頼を寄せ、庶民の集合的経験知を重視する。一時の断片的熱狂に冷水をかけ、極端なものを嫌う。そのような一貫した態度こそ、保守の神髄である。

鶴見は「日本人の精神的伝統としての岩床」を「自発的な非国家神道」に求める。その特色は「思想？　フーン、そんなもの……」という思想嫌いにあり、「思想を重く見ないという思想」こそが、日本的伝統の「岩床」だという。

鶴見は言う。

たとえば、国体明徴とか目をつり上げないで、「人柄がいいなら、マルクス主義者でも何でもいいじゃないか」というようにして、助けてくれる人がいるでしょう。夢野久作はまさにそうなんですね。彼の秘書は共産党なんだ。自分は玄洋社の系統なのに、まったく平気でいる。あれが非国家神道だと思いますね。（179頁）

これは鶴見自身が依拠した「岩床」そのものである。彼は小手先の思想など、相手にしない。それはIQや偏差値の表象であり、生きることの「岩床」にはなり得ない。

――利口であることに、何の価値があるのか。そんなものに頼って生きてどうするのか。

鶴見にとって大切なものは「態度」であり、「人柄」である。表層的な思想やイデオロギーを超えた「生き方」にこそ価値はあり、その認識にこそ日本の伝統がある。

鶴見は、土着世界の精神に依拠した夢野久作を高く評価した。夢野は玄洋社の反功利主義的側面に強い愛着を持ち、憧憬の念を示しているが、この精神にこそ鶴見が抱きしめた「岩床」がある。エリートの「一番病」に厳しいまなざしを向け続けた鶴見の哲学が、ここに集約されている。

伝統と反戦

鶴見は「保守的な立場からの平和思想、反戦思想というものがありうる」と主張する。その具体的な代表は田中正造である。

田中は幕末に、御殿新築のために税金を多くとろうとする領主と衝突した。この時、田中は領主に対して昔からのしきたりを守るよう訴えた。長年培ってきた慣習を踏み外し、自らの功利的欲望によって村民を苦しめることは、伝統に反すると訴えたのだ。鶴見はこの田中の「流儀」こそ、保守の精神だと強調する。

この流儀の延長上に、本来であれば日本の中国侵略を批判する言説が続々と出現すべきだった。日本が欲張り過ぎるのはよくない。中国人の主体性を重んじるべきだ――。そのような声が、保守の側から一斉にあがるべきだった。しかし、その声は数少なかった。

鶴見が気骨をもった保守主義者として評価するのは、水野広徳と石橋湛山である。水野はリアリズムの観点から日米非戦を訴え、石橋は大陸進出を批判する「小日本主義」を説いた。しかし、このような「本格的な保守主義」は「まったく重んじられなかった」。鶴見はここに日本の保守主義の脆弱性を読み取る。日本では保守の「流儀」が「一つのつよい流れにはならないできた」。「日本では保守主義の流れはたいへんに薄かったと言わざるをえない」。日本は保守化したことによって無謀な戦争に突入したのではない。保守的な精神の喪失こそが、平和の道を踏み外す契機となったのだ。

鶴見の見るところ、日中戦争や大東亜戦争は、日本の伝統からの逸脱である。そもそも日本の伝統社会において、殲滅戦は存在しない。一方的な侵略もない。

日本の村では殲滅戦をしないんですね。あいつはわるいやつだと言って、いろいろな悪知恵を働かせて、ジリジリといやがらせはするんだけれど、ブッ殺してしまうまでの思想的な差別とかはしない。ほかの村へ攻めていって、そこを隷属させることもしないんです。そういう習慣がひじょうに長いあいだ村のなかにあって……。（２１３―２１４頁）

鶴見が高く評価するのは、明治以前の土着世界における「宗教的な伝統」である。「村の思想」は生活実践に依拠し、人間の能力に対する過信を諫める。「自分自身が普遍者だという思い上がりがない」。だから、他者に対して寛容であり、外来思想も柔軟に受け止める。多様な宗教も「あるていどの飾りとして受け入れる」。

しかし、明治国家によって再編された国家主義的「伝統」は、土着的なものを排斥する。「村の思想」は「万邦無比の「国体」思想」に転換され、世界を画一化しようとする。そこには〈創られた伝統〉しか存在しない。歴史の風雪に耐え、多くの民衆の経験値に支えられた伝統は足蹴にされる。いま取り戻さなければならないのは「村の思想」である。土着世界の伝統こそ、再帰的に引き受け直さなければならない。

鶴見が、あえて村の伝統の再興を主張するのには、訳がある。それは戦後日本が掲げる平和思想の弱さに不安を抱いているからである。

戦後の平和は、敗戦によって外から与えられたものだ。自らの手で主体的に選び取ったものではない。日本人は、もう一度、主体的に平和を選択しなければならない。しかも、その根拠を外の思想に求めるのではなく、自らの民族的伝統に求めなければならない。現代社会と村の伝統を連続させなければならない。

いまは戦争に負けたときに平和国家になった、なされたということが既成事実としてつづいているのであって、自発的とは言えない。そこが困るんですよ。明治以前の村の文化と戦後の国家規模における平和思想とが、ある方法で連続したときに初めて、われわれはもっと安定したかたちをもつと思います。村が現実に亡びつつあるときに、その思想を何らかのかたちで復活させることはむずかしいですが、その方向を未来に求めたい。（218頁）

鶴見は庶民が蓄積してきた伝統と戦後日本が繋がることで、平和の基盤を強化しようとした。そこには無名の死者たちに対する深い愛着と信頼が存在した。

フランスの思想家ポール・ヴァレリーは「湖に浮かべたボートをこぐように人は後ろ向きに未来へ入っていく」と言った。鶴見は戦後世界の中で、過去を凝視しながらボートをこいだ人である。今は亡き常識人たちと連帯することで未来を紡いでいこうとした哲学者である。私たちは、そんな鶴見の「態度」に心を揺さぶられるのである。

反進歩の英知

鶴見は戦後日本の左派陣営の中にあって、一貫して合理主義的な「進歩」を疑った人物である。進歩を掲げる人間には、自らの能力に対する過信が潜んでいる。「一番病」の驕りが付着している。この傲慢な姿勢に、根源的な疑義を呈さなければならない。それが鶴見の生涯をかけたテーゼだった。

対談者の司馬遼太郎が過剰な技術文明や消費社会に疑問を投げかけ、「停頓の思想」を提起すると、鶴見は全面的に同調し次のように言う。

進歩というのは、より大きなエネルギーを使うことでしょう。より大がかりな機械じかけで、よりエネルギッシュな暮らしをすることは、いまを愉しむこととは違うんですね。だから、それを無限にやっていたら、人類は早めに終わってしまうんじゃないか。(187―188頁)

鶴見にとって、アメリカとソ連はイデオロギー的に敵対しているように見えながら、同根の存在だった。両者は資本主義と社会主義という表層的差異をもちながらも、共に「進歩の幻想にしがみついている」点で同じ病に罹っている。そして、他ならぬ日本もその一員として、戦後世界を滑走している。鶴見の批判は、現代社会が陥っている進歩主義的合理主義そのものへと向けられる。

鶴見と司馬が〈停頓の思想家〉として共に評価するのは柳宗悦である。柳は庶民が作る日用品の中に〈計らいを超えた美〉を見出し、「民芸」という概念を生み出した。そして、在地社会の文化の多様性を重視し、国家による国民文化の均一化を批判した。鶴見はこのような多元主義的な態度の中に「ある種の保守」を見出し、現代日本において「それができないのは、保守の契機がよわいからなんだなあ」と嘆く。

現代日本は進歩の病に取りつかれている。「停頓」を引き受ける勇気を持てていない。日本は経済成長の道を歩み続けることはできない。その道は必ず行き止まりになり、退却を余儀なくされる。早晩、日本人に進歩への諦念が突きつけられる。その必然性は人口問題にある。

鶴見は1979年の時点で次のように言っている。

いま人口増加が止まっただけでもたいへんなことなんです。こんどはそれを減らすんですよ。

その方向でいい国になるんだというヴィジョンを、政治家も、国民全部がはっきりともつことですね。（中略）人口の停滞は、戦後日本のつくり出した、もっとも偉大な思想的達成です。それぞれが自分の暮らしをゆっくりと考え、エゴの利益を見つめた。公のことを考えてそうなったんじゃない。（185頁）

人口が減ることとは、生産年齢人口が減ることになり、消費の総量が減少することを意味する。当然、国民総生産は下がり、生活水準は低くなる。しかし、鶴見と司馬は言う。

鶴見　日本の人口が半分の五千万人になれば、そうとうに住みやすくなるでしょうね。
司馬　なりますね。（185頁）

進歩の前提を奪われた時、我々日本人は初めて伝統と向き合うことができる。庶民の日常が受け継いできた〈平凡の非凡〉を継承することができる。そこにスタビリティ（安定性）とサステナビリティ（持続可能性）を兼ね備えた成熟社会が確立される。鶴見が見据えた未来は、過去に照らされた停頓の希望に他ならなかった。

「期待の次元」と「回顧の次元」

鶴見は、一貫して右翼思想家の葦津珍彦を高く評価した。葦津は玄洋社と深い関係を持つ民族派で、戦後に神社本庁の設立に尽力した人物である。鶴見は「葦津珍彦氏を尊敬している」と明言し、「えらい右翼もいるんですよ」と賛辞を述べている。

なぜ、鶴見は葦津を評価したのか。

わたしは、当時占領批判をつづけた右翼――たとえば葦津珍彦などは神社の問題などで占領軍と渡り合っていますが――は本格的だと思うんです。そういう右翼は、しかし、十五年の戦争のあいだに少なくなり、結局は政府のおこぼれにあずかるような存在に変質してしまった。葦津氏などは、戦争中から戦争批判をし、占領時代には占領批判をするという一個の右翼思想家ですよね。こうした伝統はきわめて少ない。（210―211頁）

葦津は「岩床」をもった思想家だった。彼は日本の対外戦争を批判し、戦後はアメリカの占領を批判した。その一貫した態度を鶴見は高く評価し、自らが中心となった雑誌『思想の科学』に葦津を招いて対話した。

葦津の「岩床」とは何か。

わたしは、葦津珍彦氏の気持ちはわかるんです。社会主義であろうと何であろうと社会のかたちはどうであっても、天皇はつねに日本民族の象徴であってほしい。できれば財産ももたず、無欲の存在でいてもらいたい。それが葦津珍彦氏の立場ですね。それが右翼思想だとすれば、よくわかるし、それに対しては敬意をもっているんです。（174―175頁）

鶴見が葦津を評価したのは、「期待の次元」を生きつづけた人物だったからだ。人は往々にして現在の高みから過去を見下ろし、「回顧の次元」から過去の自分の「期待」を足蹴にする。その結果、現在の期待は、未来の回顧によって打ち捨てられる。現在の高みに立とうとする人間は、過去を裏切り続け、未来から裏切られ続ける。鶴見はそんな「回顧の次元」に生きる人間を信用しない。

期待の次元と回顧の次元とを混同してはいけないのだが、敗戦のときの言論の指導者にはそれがあった。自分はどういう気持ちで十五年戦争をしてきたのか、自分がまちがえたときの期待の次元をもう一度自分のなかで復刻し、それを保守すべきだったのに、そのときに、占領軍の威を着て、嵩にかかってまちがった戦争だった、わかりきっていたことだと回顧の次元だけで、あの戦争を見たでしょう。あれがまずいんですね。(168―169頁)

鶴見はこの文脈で、丸山真男を評価すると共に、吉田満を高く評価する。吉田は「戦艦大和が沈められて自分が漂流しているときに、自分のなかを行き交った心象をそのまま定着した」。「期待の次元での戦争像から手を放さないでいた」。このような一貫した態度の人間こそ、鶴見が信用を置いた人物に他ならない。

戦後への反逆

一方で鶴見が嫌悪したのは、戦後になって態度を一変させる人の存在だった。鶴見曰く「こわいのは、戦争中はまったく別なことをやっていたのに、戦後急に、自分でなければと、さも新しさの権化であるかのように、若者といっしょになって出てくることですね」（176頁）。

彼がその典型と見なしたのは、「東大の新人会の連中」だった。新人会は1918年に赤松克麿・宮崎龍介らが結成した東京帝国大学を中心とする学生運動組織で、のちの無産政党指導者や労働運動のリーダーを輩出した。しかし、赤松や宮崎は1930年代以降、日本の軍国主義に追随し、戦中には対外的膨張主義を積極的に推進した。一方、戦後になると平和運動に合流し、革新勢力の一翼を担った。

鶴見は次のように言う。

戦後、昭和六年から二十年までの無謀な戦争のなかでリアリズムをかみしめて、水野広徳的な流れが出てきたらよかったんですが、やはり出てこなかった。出てきたのは、戦争中に旗を振って指導者だった東大の新人会の連中で、彼らはこんどはキツネを馬に乗せたみたいに占領の上に乗っかり、それでまた旗を振った。それが進歩的文化人の原型になるんですね。もともと占領の上に乗っただけだからよわい。（167頁）

鶴見は革新勢力の脆弱性を指摘した上で、「東大新人会的な進歩主義の終わり」を宣言している。彼は「進歩的文化人」の列に加わろうとしなかった。また非転向を誇る共産党メンバーに対しても態度の「思い上がり」を嫌悪し、同調しなかった。彼はマルクス主義にも理性への過信を読み取り、そのイデオロギーに組みしなかった。

鶴見は戦後日本の支配層に対しても、厳しいまなざしを向けた。彼らは「戦争協力した事実を隠すことによって、占領軍がとりしまるのにまかせて、なんとか逃げようとした」。戦後日本は戦勝国と戦敗国の共犯関係によって成り立っている。

彼が注目するのは原爆についての言説である。被害者であるはずの日本人指導者は、原爆被害の実態を隠ぺいしようとした。それは、被害を隠したいアメリカ人指導者と連携した行動だった。戦争の加害国と被害国は、自らの保身のために手を結ぶ。

> 落とした国と落とされる国というのは対立するんじゃなくて、両方がいっしょになって共謀して隠す部分が出てくるんだ。（95頁）

このような時局便乗に抗するためには、やはり「本格的な保守主義」が確立されなければならない。庶民の伝統が継承してきた「村の思想」がどうしても必要となる。土着の思想と平和主義を一体化させ、日本という国民国家の「岩床」を確立しなければならない。

鶴見は言う。

十五年間もあんな戦争をやったんだから、水野広徳的な反戦思想が用意されていなければならないはずだし、それが日本が国家として、国民として寄りかかるに足る思想の共通の河床＝岩床だと思いますね。（168頁）

しかし、戦後の保守派は反左翼的な進歩派批判ばかりで、共通の「岩床」を持てていない。水野広徳を継承できていない。

保守派とは水野広徳的なものであって、いま居丈高になっている「保守派」とは違うものでしょう。いまの「保守派」は、いままでおまえたちは岩床を探せないでいたじゃないかという、進歩派批判にだけ終始している感じですね。（171頁）

この保守論は、いまから35年以上前になされたものだが、現在でも全く色あせていない。むしろ痛切な保守派への批判となって現在を射抜いている。「進歩派批判にだけ終始している」自称保守に、何の価値もない。彼らは「岩床」を持てていない。

自己を突き刺す

では、鶴見自身はいかなる戦中戦後を生きたのか。彼は戦争中を振り返りつつ、戦後に主導した転向研究について、次のように述べている。

わたしは万が一生き残ったら、『転向』という本を書きたいと思ったんです。自分自身が、戦争中に無気力な状態に落ち込んだという自分の転向という事実にかぶせて、わたしが子どもだったときに綺羅星のごとく並んでいた進歩的評論家、学者は、清沢洌や宮本百合子、広津和郎とか、ほんの数人の例外を除いては、ほとんど〝鬼畜米英〟の旗を振っていたでしょう。その人たちの動きをキチッと書きとめたいと思った。それは昭和十九年（一九四四）の二月のことで、遠くまで見える感じがして、戦後もそこから手を放すまいとしてきたんです。共産党が獄中で非転向をつらぬいたのはいまでもえらいと思うけれども、もっと重大なのは、転向という事実の遺産ではないかと考えたんですね。（169―170頁）

鶴見の転向研究は、「戦争中に無気力な状態に落ち込んだという自分の転向」の痛みに立って進められたものだった。彼は戦争中に抗議の声をあげなかった。政府を批判し、牢屋に入れられることもなかった。仲間を救うこともできなかった。「なんとかして殺さないで自分が死にたいということが、わたしとしては理想の極限だった。だから、病気で死なせてほしいというのが、日夜の祈りでした」（162頁）。

この「無気力な状態」を、彼は「転向」と捉えた。そして、自己の「事実」を置き去りにせず、戦後の高みに立つこともせず、自己を突き刺しながら研究を進める道を選んだ。

「八月十五日に君は何をしていたか」と題した羽仁五郎との対談（1968年）では、羽仁から厳しい言葉を投げかけられ、うろたえている。

羽仁　いや、それよりもう一つ手前に、八月十五日におまえはどうしていたかということを聞いてくれないのは残念だ。八月十五日にどうしたかということは、そのときものごころついていた人間にとって決定的なことだ。（中略）

ぼくは、八月十五日に友だちがぼくの入れられていた牢屋の扉をあけて、ぼくを出してくれるんだと思って、一日待ってたよ。

鶴見　そうでしょうね。わたしはあけてとうぜんだと思いますね。わたしは、自分がそれができなかったという後悔はもう二十三年間、ずっと引きずっていますね。（中略）

羽仁　いや、その君でさえ、かけつけてきて鍵をはずしてくれなかったのだからな。それが、つまり八月十五日、戦後の日本国民の第一の最大な問題だとぼくは思うのだ。（129─130頁）

羽仁は、対談の最後に次のように言い残している。

八月十五日が戦後のすべてであり、戦後のすべてがそこで決定されたんだ。あとは、次の八月十五日がいつ来るかだ。（133頁）

鶴見の人生は、この痛みの延長上に展開された。彼は繰り返し自己を責め、時に鬱状態に陥りながら、戦後世界と格闘した。その七転八倒する姿こそが、鶴見の思想だった。鶴見の思考は、鶴見の人生を置き去りにしなかった。

人は高邁な理想を声高に語りたがる。しかし、その思想を生きることは思いのほか難しい。反権威主義を叫びながら、日常世界では権威主義的に振る舞う進歩派が多い中、鶴見は「態度」によって価値を表現しようとした。生き方が鶴見の思想そのものだった。だから鶴見の言葉には時代を超えた強度がある。

粕谷一希との論争

しかし、鶴見は左翼知識人・進歩的文化人というレッテルを張られ、通俗的な理解の中で批判されてきた。その代表が本書に収録されている粕谷一希「戦後史の争点について——鶴見俊輔氏への手紙」である。

粕谷は次のように言う。

> 鶴見さんは日本の保守派が、政府と国家を同一視しがちなことに危惧をもたれていますが、保守派は日本の進歩派が、政府や体制を否定することで、トータルな国家否定にいたることを危惧しているのです。(237—238頁)

粕谷は、鶴見が「市民の論理」に依拠しつつ、「国家の論理を否定」していると批判した。鶴見の立場は「無国籍市民」の礼賛であり、国民国家そのものの解体を目指していると言うのだ。

これに対して、鶴見は次のように答えている。

民族の自己同一性をうしなわずに、敗戦と敗戦後の状況をどのように生きるか、という問題が、日本の戦後思想の重大な問題となってきました。この場合、日本民族の自己同一性が、そのまま、日本国家の自己同一性ではないということ（両者は関連はありますが）、それをつよく主張したいのです。さらに、日本民族の自己同一性は、そのまま現政府の自己同一性ではないということもはっきりおぼえておきたいことです。その区別の中に、日本国家批判、日本政府批判の根拠があります。（２４３―２４４頁）

鶴見にとって、「民族の自己同一性」は「村の思想」にあった。無名の庶民たちが紡いできた経験値の蓄積こそ、民族のアイデンティティだった。その豊穣な世界を分断し、価値の転換を迫る存在こそ近代国家だった。鶴見は功利主義と一体化した現代国家を、庶民＝市民の立場から批判したのである。

ここで鶴見が依拠する「市民」は、「私とつきあいのあるこの土地の誰かれ」であって、「無国籍の市民性」ではない。「隣りの熊さん八っつぁん」を人類の一員と捉え、そこから人間のあり方・世界のあり方を展望することこそ「市民」の立場である。具体的な生活世界の「誰かれ」から世界と接触することこそ「all natural persons」という普遍へとつながり、地に足の着いた価値観が継承される。ここに「世界国家という架空のわくの中で考える種類のコスモポリタニズムと向いあうもう一つのコスモポリタニズムの芽」が存在する。ひとつ飛びに「国家」「国民」という概念を振りかざす抽象的人間観こそ、具体的人間を見失っている。

鶴見は再び保守思想の重要性について言及し、次のように述べる。

私は、保守主義者を重んじたいと思っています（その心がけどおりに私が行動しているかどうかはわかりませんが）。その保守主義が、みずからのうちにうたがいをもっていることを、つよく希望したいのです。保守主義が、みずからの現在の思想にたいしてうたがいをもち、そのうたがいが自分のうしろだてとなっている国家に及ぶような保守的懐疑主義としての機能を何らかの仕方で保つことを希望します。そうであれば、保守的であるということが、そのまま、国家批判の権利を放棄することにならず、まして、現政府のきめた政策をそのまま いつも支持するという立場をとることとかならずしもつながらなくなります。

戦争中から戦後をとおって今にいたるまで、私が、こだわっているのは、保守主義がそのまま国家批判の権利の放棄につらなるありかたです。（２４７頁）

鶴見が強調する「保守的懐疑主義」は、保守思想の中核にある観念である。保守は人間の完成可能性を疑っている。あらゆる人間は無謬の存在ではない。倫理的にも知的にも限界をもって生きている。そんな不完全な人間は、不完全な社会しか構築できない。過去・現在・未来のいずれの時間においても、人間は不完全な世界の中で生きざるを得ない。保守の人間観・世界観は、完成への積極的諦念を基礎として成り立っている。

当然のことながら、国家のあり方も常に誤謬を含み、時代の荒波の中で変化を余儀なくされる。問題があればそれを正し、集合的経験値に依拠しながら微調整を加えていくのが保守の英知である。国家批判の権利を放棄する姿勢は、保守の立場から出てきようがない。国家もまた人間によって構成されている以上、無謬の存在ではありえないからだ。

鶴見が嘆くのは、日本における保守の拡大ではなく、保守の欠如である。日本では正統な保守思想が育たず、「その成立の社会的基礎そのものが薄い」。どうしても日本の保守は「そのまま現政府への無条件の追随になってゆく」。戦中には鬼畜米英を説き、戦後には一転してアメリカの占領政策に寄り添ったように。「岩床」をもたない指導者たちが、簡単に転向して行ったように。

鶴見は、最後のところで日本の保守派を信頼することができず、自らを保守主義者と規定することを断念した。それは、常にまがい物の保守に取り込まれ、「岩床」を溶解させる危険性を恐れたからだ。

では、どうすればよいのか。


そうだとすれば、その欠落をうめるために、保守主義以外の思想の潮流が代行することを認める。

（248頁）


これが鶴見の「革新」へのアプローチだった。彼の左派的なスタンスの背景には、正統な保守思想に対する憧憬と敬意が存在した。保守の人間観を信頼し、庶民の英知を平和思想に発展させる道を「革新」という枠組みの中で模索した。

鶴見の問いは、現在でも有効である。いやむしろ、今の保守のインフレ状態が続く現在にこそ、重要なメッセージとして輝いている。

鶴見俊輔はアクチュアルな思想家である。鶴見の精神の継承こそが、時代に抗する力となる。私は鶴見から渡されたバトンを握りしめ、現代を走りたいと思う。田中正造や石橋湛山、水野広徳を受け継ぎたいと思う。

本書が鶴見の再評価につながることを願いたい。

〔北海道大学公共政策大学院准教授（政治学・歴史学）〕

著者について

鶴見俊輔（つるみ・しゅんすけ）　一九二二年東京生まれ。哲学者。十五歳で渡米、ハーヴァード大学でプラグマティズムを学ぶ。アナキスト容疑で逮捕されたが、留置場で論文を書きあげ卒業。交換船で帰国、海軍バタビア在勤武官府に軍属として勤務。戦後、渡辺慧、都留重人、丸山眞男、武谷三男、武田清子、鶴見和子と『思想の科学』を創刊。アメリカ哲学の紹介や大衆文化研究などのサークル活動を行う。京都大学、東京工業大学、同志社大学で教鞭をとる。六〇年安保改定に反対、市民グループ「声なき声の会」をつくる。六五年、べ平連に参加。アメリカの脱走兵を支援する運動に加わる。七〇年、警官隊導入に反対して同志社大学教授を辞任。

著書に『鶴見俊輔集』（全17巻、筑摩書房）『鶴見俊輔座談』（全10巻、晶文社）『鶴見俊輔書評集成』（全3巻、みすず書房）『戦後日本の大衆文化史』『戦時期日本の精神史』（岩波書店）『アメノウズメ伝』（平凡社）ほか。

昭和《しょうわ》を語《かた》る
——鶴見俊輔座談

2015年6月30日　初版
2015年8月15日　2刷

著者　鶴見俊輔

発行者　株式会社 晶文社
東京都千代田区神田神保町1-11
電話　03－3518－4940（代表）
　　　　　　　　－4942（編集）
URL　http://www.shobunsha.co.jp

印刷　株式会社 堀内印刷所
製本　ナショナル製本協同組合

ISBN 978-4-7949-6844-9 Printed in Japan